I

Die Vorhölle

In einem Provinzstädtchen in der Mitte des Landes, nicht weit von der A 12, in einem Haus, einen Steinwurf von einem kleinen Bahnhof entfernt, wo alle halbe Stunde ein Zug Richtung Schiphol mit Flugverbindungen nach New York, Peking, Moskau, Kalkutta abfährt, erwachte Edith mit einem Lächeln auf den Lippen. Sie ahnte nicht, was dieser Tag für sie bereithielt, geschweige denn, was sie auslösen würde. Daß ein Seufzer von ihr einen Sturm hervorrufen konnte, der womöglich gar ein Todesopfer forderte.

War sie von sich aus erwacht oder durch den Fuß ihres Mannes, der ihr über den Spann strich? Durch das Hupen eines Lastwagens auf der Autobahn oder durch ein anderes Geräusch? Das Schlafzimmerfenster stand halb offen, eine Brise tickte gegen die Lamellen der Jalousie. Unruhiges Geraschel ertönte aus den Zweigen des Ahorns im Garten hinter dem Haus; zwei Tauben, die sich in die Quere kamen oder miteinander turtelten? Da hörte sie schon das Moped des Zeitungsjungen, das Klappern des Briefkastens, einen Plumps auf der Fußmatte; es mußte gegen halb sieben sein.

Manchmal war das der Moment, um aus dem Bett zu springen und die Zeitung zu holen, aber heute morgen nicht. Es gab wenig Neuigkeiten in jüngster Zeit, kein weltbewegendes Ereignis in diesen letzten warmen Spätsommerwochen. Sauregurkenzeit wurde das hämisch genannt, doch es war ihr ganz recht so. Erst vor einem Jahr hatten sich zwei Flugzeuge kurz hintereinander in die Twin Towers gebohrt. Tagelang hatte sie mit einem flauen Gefühl im Magen am Fernseher geklebt. Stapelweise Zeitungen und Zeitschriften hatte sie gekauft, um nur ja keine Theorie über den Terrorakt zu verpassen. Aber eine befriedigende Antwort hatte es nicht gegeben, jeder Selbstmordattentäter hatte seine eigene Geschichte, der Haß stets eine andere Keimzelle.

Die Küchentür des Hauses nebenan wurde aufgeschoben; der Nachbar ließ seinen Schäferhund hinaus. Die Nägel des Tieres kratzten über das Pflaster des Innenhofs. Eine der Nachbarstöchter, wahrscheinlich durch die Schritte ihres Vaters aufgewacht, quengelte, daß sie aus dem Bett wolle. Ein Kleinbus bremste an der Ecke, eine Männerstimme sagte durch das Dröhnen eines Dieselmotors hindurch: »Würden Sie vielleicht mal …« Der Rest ging unter, oder war sie doch wieder eingeschlafen? Das nächste, was sie hörte, war ein Klirren von dem Platz her, wo der Glascontainer stand, das Rauschen Hunderter Scherben, die in den Laderaum eines Lastautos geschüttet wurden. Dadurch wußte sie jetzt mit Sicherheit, daß es Dienstag war. Gleich würde die Müllabfuhr kommen und in zwanzig Minuten der Wecker klingeln: aufstehen, Orangen auspressen, Frühstück für die Kinder vorbereiten, nach einer Tasche mit Sportzeug suchen helfen, einem Zirkel, einem Hausaufgabenheft. Nicht daran denken, soweit ist es noch nicht, noch ein klein wenig Zeit, genieß so lange wie möglich das Erwachen des Tages.

Sie zog das Deckbett um sich, es war dünn und geschmeidig, in ein paar Wochen, wenn die Luft wieder kälter wäre, würde sie die schwerere Winterdecke daran befestigen – wie immer zu spät, nachdem sie schon ein paar Nächte gefroren hatte. Berend drehte sich zu ihr um, schob seine Hand in die Öffnung ihres Nachthemds und murmelte etwas Fragendes, Liebes. Sie legte ihre Hand auf seinen Hintern, kniff sacht hinein. Es gab keine bessere Zeit, um miteinander zu schlafen, als am frühen Morgen, kein besserer Tagesbeginn war denkbar. Morgens im Halbschlaf schien sie mehr zu empfinden, waren ihre Sinne wacher, war ihr Körper wie ein präzise eingestellter Mechanismus, der sofort auf die geringste Berührung reagierte. Dann war es, als ob ihr alles zum erstenmal geschähe, der Kuß, die Hand auf ihrer Brust. Wie hieß dieser Junge doch gleich, Mathijs, Math, Martijn?

Während sie zwanzig Jahre in der Zeit zurückging zu einem schlammigen Weg zwischen zwei Hockeyfeldern und sich Gesichter von Klassenkameraden vergegenwärtigte, die genau wie sie jetzt Mitte Dreißig sein mußten, drängte sich ihr ein anderer Gedanke auf. Eine unangenehme Erinnerung, etwas, das eine Frau gestern auf dem Parkplatz des Supermarkts zu ihr gesagt hatte, in dem überdachten Gang bei den Einkaufswagen. Ganz beiläufig, aber deshalb nicht weniger verletzend, und zu dumm, um ernst genommen zu werden. Sie hatte nicht mehr daran gedacht, beim Einkaufen nicht, im Auto auf dem Weg nach Hause nicht, nicht beim Kochen oder danach, keinen Augenblick. Je mehr Mühe sie sich nun gab, nicht daran zu denken, desto hartnäckiger biß sich die Erinnerung fest, und Edith erstarrte. Auf einmal war ihr Kopf voller Kommentare, er schwirrte von Stimmen, von bösartiger Kritik an allem möglichen. Verärgert schob sie Berends Hand weg.

»Was ist denn jetzt?« fragte er erstaunt.

»Ich schlafe noch.«

»Gerade eben aber nicht.«

»Ich habe keine Lust.«

Er strich ihr mit dem Finger über die Nase. »Soll ich dir erst einen Tee machen?«

Sie wandte den Kopf ab. »Sei doch nicht so ... ach bitte, nerv nicht.« Sie drehte sich zur Wand und zog die Knie an.

»Dann nicht«, sagte er und sprang aus dem Bett.

Noch steif vom Schlaf, polterte er ins Bad. Am lauten Knallen der Tür hörte sie, daß er die Abweisung nicht so gelassen aufnahm, wie er tat. Sollte sie ihn zurückrufen? Es gab nichts, das ihn so unglücklich machte wie solch eine durchkreuzte Erwartung zu Beginn des Tages. Dann wurde er unsicher, in allem: Ob sie ihn überhaupt noch attraktiv fand, ob seine Chefs nicht doch jemanden bevorzugen würden, der studiert hatte; er wurde unruhig, wütend, zerstreut. Das letztemal, als er mit ihr schlafen wollte und ihr nicht danach war, hatte er, kurz bevor er eingestiegen war, eine Akte aufs Autodach gelegt. Als sie die Kinder in die Schule brachte, fand sie auf der ganzen Straße Blätter, auf denen STRENG GEHEIM stand. Ein Becher mit Zahnbürsten fiel klirrend ins Waschbecken; Berend fluchte laut, die Zahnpasta sei alle und seine Rasiermesser seien weg, habe sie die vielleicht wieder für ihre Beine benutzt, wie oft habe er sie gebeten ... Nun laß es doch gut sein, dachte sie und zog sich das Kissen über die Ohren.

Es beginnt, es hat bereits begonnen, bei diesem Mann und dieser Frau. Woher ich wußte, daß ich hierherkommen mußte? Ich sah sie liegen, friedlich unter ihrer weißen Bettdecke schlafend, und zugleich sah ich eine blutbespritzte Badewanne. Wie ein Spürhund eine Spur wittern kann, die schon Tage alt ist, wittere ich, wo ich hinmuß, noch ehe die Spur entsteht. Vermutlich sind sie keine Verbrecher, diese beiden. Sie leiden keinen Hunger, sie sind nicht krank, es schleichen keine Wölfe um ihr Haus herum, die sie zerreißen könnten, wie in früheren Zeiten. Es wütet kein Krieg in diesem kleinen Land am Meer, und doch sah ich Blut und hörte in der morgendlichen Stille einen gräßlichen Schrei. Aber ich muß weiter, Berend hinterher, vielleicht gelingt es mir, das Unheil noch rechtzeitig abzuwenden.

Erst als er in den Spiegel schaute, um aus dem Carport herauszufahren, entdeckte er den Schnitt an seiner rechten Wange, gleich unter dem Ohr, wo der Kiefer in den Hals überging. Es kam öfter vor, daß er sich schnitt, wenn er mit den Gedanken woanders war, meistens sah er es, bevor er das Haus verließ, oder Edith wies ihn darauf hin, aber heute morgen hatten sie die Blicke des anderen gemieden.

Während er in der Küche im Frühstücksbrei der Kinder gerührt hatte, war sie die Treppe hinaufgeeilt, um denen Beine zu machen. Später, als sie und die Kinder endlich am Tisch saßen, hatte er hastig angefangen, nach einem Bericht zu suchen, in dem er gestern abend kurz geblättert hatte und in dem stand, was alle schon längst wußten: Die Zahl der Diebstähle von wertvollen Gütern, die durch Swift versandt wurden, nahm immer mehr zu. Die Hand schon an der Türklinke, hatte er sich von Edith verabschiedet, doch er war sich nicht sicher, ob sie ihn gehört hatte.

Schnell weg, ins Auto, endlich allein sein. Er beschloß, das Handy nicht anzustellen, er hatte keine Lust zu reden, geschweige denn, tief über Dinge nachzudenken, die ebensogut warten konnten, bis er im Büro war. Manche Leute haßten die tägliche Fahrt zur Arbeit, aber ihm gefiel es, eine Weile niemandes Mann zu sein, niemandes Vater, niemandes Chef. Heute allerdings hing ein süßlicher Geruch im Auto. Er schaute sich um; im Aschenbecher zwischen Vorder- und Rücksitz lag ein brauner Apfelgriebs. Er kurbelte das Fenster herunter und warf ihn ins Gebüsch. Ein Tropfen spritzte ihm ins Gesicht; frühmorgens hatte es kräftig geregnet, aber man spürte, daß es drückend warm werden würde.

Vorsichtig berührte er den Schnitt und sah an seiner Fingerspitze, daß das Blut noch nicht getrocknet war. Er zögerte; er könnte noch einmal schnell hineinschlüpfen und Alaun drauftun oder einen Wattebausch und, bevor er das Haus verließe, etwas Nettes zu Edith sagen. Sie würde ihm einen Kuß geben, flachsen, daß er mit der Watte am Kinn aussehe wie eine Stoffpuppe mit einem Riß, und alles wäre wieder gut.

Er bemerkte mich durchaus – nicht als deutlich wahrnehmbare Stimme, nicht als ob Worte zwischen diesen Zeilen auftauchen würden, sondern als Gedanken, den er verwarf, indem er mich rüde unterbrach: »Nein, warum muß es immer und ewig von mir ausgehen.« Er trat auf die Kupplung, legte den Leerlauf ein. Die Hand, mit der er den Apfelgriebs weggeworfen hatte, fühlte sich klebrig an, als ob er sich gerade selbst befriedigt hätte.

Bevor er losfuhr, warf er doch noch einen Blick auf den Erker. Dort saß sie, im diesigen Morgenlicht zwischen den Pflanzen, in ihrem Peignoir aus Velours; das dicke, aschblonde Haar flüchtig mit Kämmen hochgesteckt, die Zeitung ausgebreitet vor sich auf dem Tisch, einen Becher Tee in Reichweite. Begriff sie denn nicht, daß er manchmal einfach nicht die Finger von ihr lassen konnte, wie ratlos und verzweifelt es ihn machte, wenn sie erst wollte und dann wieder nicht? Es war ein grober Schnitzer der Schöpfung, daß eine Frau nie ein Mann sein konnte – daher rührte der ganze Schlamassel. Vielleicht sollte er sein altes Vorhaben, ihr eine Woche nicht zu nahe zu kommen, mal in die Tat umsetzen, damit sie erfuhr, was er ... – eine Woche, das würde er niemals durchhalten. Wenn sie jetzt aufschauen und ihn hereinwinken würde, schnell zurück in ihr breites Bett, würde er keine Sekunde zögern.

In schnurgerader Linie, um die Farne auf beiden Seiten des Weges nicht zu beschädigen, rollte er rückwärts. Plötzlich ging ihm das Foto zu einem Zeitungsartikel durch den Sinn, in dem von einem Mann berichtet wurde, der mit einem Bulldozer die Vorderfront des Hauses seiner Ex-Geliebten gerammt hatte; auf dem Weg zu ihr hatte er Dutzende Autos zermalmt, eine totale Verwüstung angerichtet. Fabelhaft, er brauchte nur zu bremsen, kräftig Gas zu geben, und der ganze Erker läge in Trümmern: Edith in einem Bett von Scherben. Er erschrak über sich selbst. So etwas dachte man sich nur aus, wenn man von Eifersucht verzehrt wurde. Vorsicht, beherrsch dich. Dieser Garten war ihr ein und alles, sie hatte diese Pflanzen bei »Der Garten Eden« ausgesucht, sie in die Erde gesetzt, gedüngt, gegossen, ihnen liebevoll zugeredet. Es war ihr gelungen, aus einer steifen Gartenzwerganlage innerhalb von ein paar Jahren etwas Phantasievolles zu erschaffen, mit Blumen und Pflanzen, die er nur aus Büchern kannte.

In weitem Bogen schwenkte er in die Straße ein. Im Rückspiegel sah er eine Frau auf einem Fahrrad, vorn-

und hintendrauf jeweils ein Kind. Sie klingelte, um ihn zu warnen, aber er stand längst auf der Bremse, winkte und wartete, bis sie vorbeigefahren war. Ihr feindlicher Blick sprach Bände: Sie glaubte, daß er sie erst im letzten Moment gesehen habe. Offenbar konnte er es heute niemandem recht machen.

Ein paar Minuten später fuhr er auf die Autobahn und stellte das Radio an, wie er es immer tat, wenn er endlich kräftig Gas geben konnte. Zu dumm, nun war es ihm doch wieder entfallen: Gleich kam eine Baustelle, und auf der Umleitung über die A 27 brauchte er bedeutend länger, um von Driebergen nach Diemen-Zuid zu kommen; jetzt mußte er sich abhetzen, um pünktlich zu sein. Aber jeden Tag erschienen mehr Warnungen an und über der Straße: »Halten Sie zwei Sekunden Abstand!«, »Sie fahren zu schnell!« Es fiel ihm schwer, die Schilder zu ignorieren, er hatte immer das Gefühl, daß sie an ihn persönlich gerichtet seien: Wir wissen ja nun, daß du Edith wieder vor dir siehst, nackt, bis auf die schwarzen Seidenstrümpfe von Fogal, die du ihr neulich gekauft hast. Lösch das Bild, schau dich um, Mann, lenk dich irgendwie ab, quäl dich nicht länger. Denk mal zwei Sekunden an etwas anderes!

Gehorsam drehte er die Musik lauter, summte ein Lied mit, das er diese Woche schon ein paarmal gehört hatte:

A few more geese are gone
A few more leaves turning red
But the grass is as soft as a feather in a featherbed

Nebel hing tief über den Wiesen, und das Laub war ein wenig gelber als vor einer Woche. Unterwegs betrachtete er lieber die Bäume als die Häuser, nur das eine große weiße Bürogebäude gefiel ihm gut. Ein gewisser Struycken habe es entworfen, hatte Edith ihm erzählt. Alles, was er auf diesem Gebiet wußte, hatte sie ihm beigebracht. Wenn er dann sagte: »Wow, was du alles weißt, Liebes«, antwortete sie: »Ja, aber du schaust viel besser hin.« Er blickte noch ein zweites Mal hinüber: Die kleinen Fenster waren wie Kästchen, Punkte, die Fassade glich einem Dominospiel – ein Stups, und alle Steine würden in Bewegung geraten, eine unaufhaltsame Lawine.

So I'll be king, and you'll be queen
Our kingdom's gonna to be this little patch of green
Won't you lie down with me now
In this September grass …

Wie stolz er auch auf eine Frau war, die ihm abends vor dem Schlafengehen manchmal eine Gedichtzeile vorlas, jetzt sah er sie doch wieder vor sich, wie sie mit offenem Morgenrock durchs Haus lief, in den Spiegel schaute, sich die Lippen schminkte. Für wen? Für einen anderen, der vorbeikam, sobald die Kinder in der Schule waren? Ein anderer … idiotisch, diesen Gedanken auch nur zuzulassen – und wozu, um sich noch elender fühlen zu dürfen? Ein anderer, wer denn? Ihre Patienten waren alle über siebzig. Aber wer garantierte, daß zwischen all diesen alten Leutchen nicht mal ein junger Gott in ihre Praxis schlüpfte? Obwohl er nur einen verstauchten Knöchel hatte, würde er sich ganz auskleiden, und sie sich auch, Knopf für Knopf, wobei sie einander unablässig in die Augen blickten, ohne ein Wort zu sprechen. Während der Bursche sich nackt auf dem Behandlungstisch ausstrecken würde, verschwände sie noch einmal kurz hinter dem Vorhang der Umkleidekabine, um ihre schwarzen

Strümpfe anzuziehen, die Strümpfe, die sie von ihm, ihrem Mann, bekommen hatte und die durch einen Gummistreifen auf der Innenseite der Spitze an ihren weichen Schenkeln klebenblieben.

Er preßte die Lippen zusammen, trat aufs Gas, vor ihm auf der mittleren Spur fuhr ein roter Triumph mit einer dunkelhaarigen Frau am Steuer – schnell, aber weniger schnell, als er geschätzt hatte. Links konnte er sie nicht überholen, also schoß er rechts an ihr vorbei, doch in diese Spur fädelte sich gerade ein Lastwagen ein, PETROTRANS stand darauf, ein langes Ungetüm voller Benzin, eine rollende Bombe, die, selbst wenn der Fahrer ihn im Seitenspiegel sehen würde, nicht plötzlich schneller fahren und ebensowenig auf den Beschleunigungsstreifen zurückschwenken könnte. Ihm stockte der Atem, in einem Reflex wich er wieder auf die Mittelspur aus, im selben Moment vernahm er hinter sich ein anhaltendes, schrilles Hupen.

Seine Hände umklammerten das Lenkrad, und er stieß einen Fluch aus. Quietschende Bremsen, einen Schlag, zerbrechendes Glas hätte er erwartet, doch statt dessen hörte er diese gellende Hupe, die durch Mark und Bein ging. Starr vor Schreck schaute er in den Spiegel und sah, daß die Frau den Mittelfinger hob und ihm gleichzeitig etwas zubrüllte, knallrote Lippen, dieselbe Farbe wie ihr glänzendes Auto.

»Ist ja gut, Mensch. Mein Fehler, ich weiß! Ich habe geträumt«, rief er durch die geschlossenen Fenster über die Nachrichten von Dienstag, dem 10. September, hinweg. Durch ein Tippen mit dem Zeigefinger brachte er das Radio zum Schweigen. Sie hatte recht, es war haarscharf gewesen, er hatte sie nicht gesehen, aber keine Panik, er hatte die Situation wieder unter Kontrolle. Er überblickte die Straße, die ganze Strecke, alle drei Spuren, hinter sich, links von sich, rechts von sich. Das würde ihm nicht noch einmal passieren, o nein. Er streckte die Arme, lehnte sich so weit wie möglich zurück und versuchte die Anspannung aus seinem Körper zu pressen.

Swift

Als Berend so richtig bewußt geworden war, wieviel Glück er gehabt hatte, fuhr er an den Straßenrand, um sich schnell mit Edith zu versöhnen. Doch er rief sie nicht an und wußte daher nicht, daß sie schon vor einer Viertelstunde versucht hatte, ihn zu erreichen. Berend setzte seinen Weg fort, als ob es ein ganz normaler Tag zu werden verspräche. Ich hätte genausogut das Tun und Treiben eines anderen verfolgen können. Es gibt so viele Geschichten, die ein schlimmes Ende nehmen, wie es morgendliche Übellaunigkeiten gibt, aber ich blieb bei Berend. Es war nicht nur Intuition, sondern auch ein wenig gepokert, im Bruchteil einer Sekunde mußte ich mich zwischen ihm und der Frau in dem roten Triumph entscheiden, die – wie ich gerade noch aus den Augenwinkeln sah –, kurz nachdem sie von Berend geschnitten worden war, den Mann hinter der Kasse einer Tankstelle anfauchte.

Der Parkplatz der Firmenleitung lag direkt gegenüber dem von Buchsbäumen flankierten Eingang des Bürogebäudes. Vor kurzem waren dort drei hohe Masten aufgestellt worden, an denen Fahnen flattern sollten, die nun schon wochenlang lustlos dahingen, weiße Fahnen mit dem orangefarbenen Swift-Logo: einem Paket, das von einer Hand in die andere überging. Worldwide International Transportation, das S stand für *safe*, das F für *fast*.

Als er hier vor einem Jahr eine Stelle als Interimsdirektor bekommen hatte, da hatte ihm Edith *Gullivers Reisen* von Jonathan Swift geschenkt. Sie hätte einen Riesen, der mit Hunderten Stricken auf einem Fahrzeug mit zwanzig Rädern festgebunden war, viel witziger gefunden als Logo für einen Paketkurierdienst; schade, daß sie das in der Zentrale in London nicht begriffen.

Berend ließ die reservierten Parkplätze links liegen und fuhr um das Hauptgebäude herum auf die Rückseite, zu den Lagerhallen, wo Lieferwagen hin und her rollten, Tag und Nacht. Dies war der Bauch des Unternehmens, hier brodelte und grummelte es, stank es nach Öl und Auspuffgasen. Hier spürte man, wie die Zeit drängte. Hier kamen alle Pakete an, wurden sortiert und mit einem Strichcode versehen, wodurch sie beim Transport von jedem Umschlagplatz aus zurückverfolgt werden konnten. Hier wurden die Pakete auf Fließbänder gelegt und in Lastwagen umgeladen, die sie zu einem anderen Distributionspunkt beförderten oder nach Schiphol, wo Swifts eigene Flugzeuge bereitstanden.

Aus dem Wagen neben ihm stieg ein Kurier, automatisch warf Berend einen Blick auf das Fahrzeug und die Uniform des jungen Mannes. Er konnte es nicht lassen: Wenn er in der Ferne ein Swift-Auto sah, dann mußte er es einholen, um zu überprüfen, ob alles in Ordnung sei. Dieses hier war gerade gewaschen worden, und auch an der Uniform des Burschen gab es nichts auszusetzen. Er trug das orangefarbene Firmenhemd und Gott sei Dank kein T-Shirt mit Einstein drauf, der die Zunge herausstreckt.

»Guten Morgen.«

Schnell schaute er auf das Namensschild. Die meisten Kuriere wußten, wie er hieß, er selbst kannte nur diejenigen, die hier vollbeschäftigt waren. Namen, Namen – das lehrte er jeden, der eine leitende Funktion hatte –, und merk dir, was so ein Bursche vorher getan hat, seine Ausbildung, ob er verheiratet ist, Kinder hat oder ein seltsames Hobby. Die Leute müssen das Gefühl haben, daß man an ihnen interessiert ist. Doch im Sommer war die Fluktuation unter den Kurieren ziemlich groß, diese Schildchen waren seine Rettung.

»Lange Fahrt gehabt, Joris?« fragte er. Trotz der frühen Stunde war die Luft feucht und warm, so daß die Auspuffgase dicht über dem Asphalt hängenblieben.

»Nicht wirklich, nein, Osdorp.«

Das Gespräch stockte – Osdorp, was sollte er darauf nur erwidern? Mit einem Nicken, das alles mögliche bedeuten konnte, starrte er über die Schultern des Jungen hinweg zu den Fenstern gegenüber. In der dritten Etage, im Zimmer neben seinem, stand Jaap. Er erkannte ihn sofort, auch wegen des karierten Sakkos in Ockergelb und Orange. Seit er eine Freundin hatte, war aus dem Schlaks mit dem zu engen Blazer ein Mann mit spektakulären Jacketts geworden. Wenn er vorbeilief, hieß der Gang plötzlich Catwalk und Jaap Mister Swift.

Jaap stand mit dem Rücken zum Fenster über einen Computer gebeugt. Es würde doch nicht wieder Probleme geben? Trotz des neuen Virenscanners war ihre Website vorige Woche von einem unbekannten Virus befallen worden, der über eine harmlos aussehende E-Mail in den Betrieb eingedrungen war. Es war Jaap zu verdanken, daß der Schaden begrenzt geblieben war. Gleich mal fragen, ob alles wieder in Ordnung war, aber nicht zu sehr darauf eingehen. Er selbst verstand zu wenig davon, geriet leicht in Panik, wenn sich das System wieder einmal aufhängte. Sie hätten ihm weismachen können, daß so ein Virus auch in der Lage sei, den Fernseher außer Funktion zu setzen und nachts über das Kabel im Wohnzimmer zu entwischen, den Kühlschrank leerzufressen, das ganze Bier auszutrinken, sich an der eigenen Frau zu vergreifen.

Joris hatte die Hintertür des Lieferwagens geöffnet und zerrte an einem großen, flachen, in braunes Papier gewickelten Paket. Das Format eines Gemäldes, aber das konnte es nicht sein, Swift transportierte keine Kunstschätze, genausowenig wie Klaviere oder Tiger, dafür gab es Spezialisten. Berend sah, wieviel Anstrengung es den Jungen kostete, das Paket aus dem Auto zu bekommen, und bedeutete ihm, daß er die Tür zumachen würde. Eigentlich war das Paket zu schwer für einen Mann allein, er könnte schnell mit anpacken, eine kleine Mühe, er mußte sowieso in die Halle. Er zögerte, schluckte das Angebot wieder herunter, es war zu warm, zu früh. Er war immer bereit, die Ärmel hochzukrempeln, aber heute hatte er keine Lust, nett zu sein, heute fühlte er sich selbst wie ein großes, unhandliches Paket, mit einem festen Strick verschnürt. Schweigend kehrte er dem Jungen den Rücken zu.

Und Joris? Der zuckte mit den Schultern und fuhr unbeirrbar fort. Berends Laune hatte keinen Einfluß auf ihn, er bemerkte sie nicht einmal. Er wurde nicht davon angesteckt. Der Ärger – oder wie soll ich es nennen?; das Gefühl, zu kurz gekommen zu sein, die Zurücksetzung, der Mißmut – wurde von Berend ins Gebäude hineingetragen, in den Fahrstuhl, der leer war, in die dritte Etage, wo Jaap K. es kaum erwarten konnte, jemandem seine große Neuigkeit zu erzählen.

Das neue Haus

Jaap K. – Leiter der operativen Abteilung, verantwortlich für den Weg jedes Pakets von Tür zu Tür – schaute zwischen dem Bildschirm seines Laptops und dem Flur hin und her. Die Post lag ungeöffnet auf seinem Schreibtisch, sein Aktenkoffer stand noch zu seinen Füßen. Er hatte genug zu tun, gestern war er nicht im Büro gewesen, und die Arbeit hatte sich angehäuft. Vorige Woche waren die Wände der ganzen Etage frisch geweißt und königsblauer Teppichboden verlegt worden; überall roch es nach Farbe und Klebstoff. Alles, was nicht in einer Schublade oder einem Schrank steckte, war vor der Renovierung in Umzugskartons verstaut worden, die nun darauf warteten, wieder ausgepackt zu werden.

Er drehte den Laptop ein Stückchen, vom Fenster weg, denn die Sonne schien genau auf den Bildschirm und machte das Foto seines neuen Hauses unsichtbar. Wieder warf er einen Blick auf seine Uhr und runzelte die Brauen. Carla war immer die erste im Büro. Wo blieb sie nur? Er wollte seinen Enthusiasmus mit ihr teilen; es machte keinen Spaß, allein hurra zu rufen.

Er schlenderte auf den Gang hinaus. In der Sitzecke neben dem Kaffeeautomaten saß eine Bewerberin, halb hinter dem großen Ficus versteckt, der dem Platz etwas Behagliches geben sollte. Jaap hatte ihr gerade schon eine Tasse Kaffee angeboten; nun schaute sie ihn wieder fragend an, mit einem leisen Vorwurf in den kleinen blauen Augen. Sie strich den Rock ihres beigefarbenen Kostüms glatt. Oder war sie genauso nervös wie er und wischte sich die Hände ab? Er nickte ihr ermutigend zu und machte sich schnell aus dem Staub, in der festen Absicht, etwas Nützliches zu tun, ein paar Ordner ins Regal zurückzustellen oder die Post zu öffnen. Doch als er erst einmal in sein Zimmer zurückgekehrt war, wurde er wieder von dem Laptop angezogen. Er mußte sein neues Haus sehen, sonst würde er gleich anfangen zu zweifeln.

Er klickte das zweite Foto an: Dédé, vor dem Haus, das seit gestern ihr Haus war, mit erhobenen Armen, in Siegerpose. Sie hatte es doch geschafft. Jeden Morgen hatte sie die Angebote studiert, allein die erste Besichtigung unternommen, um die Spreu vom Weizen zu trennen. Dutzende Häuser hatte sie besucht, ehe sie auf dieses gestoßen war. Sie hatten sofort gewußt: Das ist es. Nur gut, daß sie heute morgen diese Fotos durchgemailt hatte, bevor sie aus dem Haus gegangen war, denn wie sollte er es beschreiben: hohe Fenster wie in einem Atelier, die die ganze Vorderfront einnahmen. Ein Dach wie ein Pult, dem Makler zufolge, doch er selbst fand, daß es mehr einer Sprungschanze glich. Er sah sich und Dédé schon in einem verschneiten Garten stehen, umringt von einer Schar bewundernder Freunde, während über ihren Köpfen ein Skispringer nach dem anderen in die Luft flog. Glückwunsch, Jaap, großartig, was für ein Prachthaus, was für ein Dach!

Er schaute aus dem Fenster, ob sein Chef schon im Anmarsch sei, was war heute nur mit allen los, auch Berend war spät dran. In Berends Zimmer klingelte das Telefon; es klang merkwürdig hohl durch die noch leeren Wände. Die Zeitarbeitskraft am Empfang verwechselte sie beide noch immer; unbegreiflich, denn Berend war kräftig und blond und hatte immer rote Wangen, als ob er gerade einen Tag gesegelt wäre, Berend war in seinem ganzen Auftreten ein Leiter, ein Vater, während er – er hatte keine Ahnung, was für einen Eindruck er machte.

Jaap rannte ins Nachbarzimmer und hob den Hörer ab. Es war Edith, sie erkundigte sich, ob er schon ein Haus gefunden habe. Während er sich eine Anekdote über ihren letzten Umzug anhörte, fiel sein Blick auf den rosa und golden bemalten Elefanten auf Berends Schreibtisch. Er nahm den Briefbeschwerer hoch. Es sei nicht einfach nur ein Souvenir, hatte Berend ihm einmal anvertraut. Bevor Berend abends nach Hause ging, legte er seine Hand auf den breiten Rücken des Tiers und sagte so etwas wie: »Hier, für dich.« Alles, was ihn ärgerte, alle Probleme, die sich im Laufe des Tages angesammelt hatten, übertrug er mit einer simplen Handbewegung auf den Elefanten. Berend zufolge funktionierte das. Dank dieses Elefanten reagierte er seine Sorgen selten an seiner Familie ab und zerbrach sich nachts nicht den Kopf über Swift. Zu Hause war er ganz für die Kinder da, brachte seiner Tochter das Schachspielen bei und baute mit seinem Sohn Schlösser aus Legosteinen.

Mein Sohn – ob er das je würde sagen können? Jaap legte seine feuchte Handfläche auf das hölzerne Tier, schloß die Augen, als ob er betete, und dachte: Hier, für dich. Es graute ihm vor dem Umzug nach Hoofddorp. Ihm war nicht klar, ob es an dem neuen Haus lag oder an der Veränderung an sich. »Wie kann es sein, daß jemand, der sein Brot mit Transporten verdient, selbst so schwer in Bewegung zu bringen ist«, sagte Dédé oft. Sie hatte recht. Er konnte sich einfach nicht vorstellen, daß die Glücksmomente, die er in der Wilhelminastraat gekannt hatte, auch in Hoofddorp eintreten würden. Es war, als wären diese Momente mit dem Haus verbunden, in dem er schon so lange wohnte: Wie das Licht auf die schiefergrauen Dächer fiel, das erste, was er morgens vom Bett aus erblickte; die Aussicht von seinem Balkon an der Rückseite, wo er, wenn es irgend möglich war, abends aß. Immer gab es etwas zu erleben. Er erinnerte sich noch an die Geräusche spielender Kinder, unten im Garten, als er das erstemal für Dédé gekocht hatte. Sausende Springseile, ein Abzählreim in einer Sprache, die er nicht verstand. Die Frau, die gegenüber Bettücher hereinholte und ihnen mit einem Korb Wäsche auf der Hüfte noch kurz zuwinkte, bevor sie wieder hineinging. »Schau, alle sehen, wie verliebt wir sind«, hatte Dédé gesagt. Was, wenn das Glück eine zarte Pflanze war, die man nicht einfach so umtopfen konnte?

Dédé hatte nach einiger Zeit auf ein anderes, größeres Heim gedrängt, denn in der Wilhelminastraat fühlte sie sich doch zu sehr wie ein Gast. Was sie auch an der Einrichtung veränderten, es blieb eine Wohnung, in der Jaap eine ganze Vergangenheit liegen hatte. Eine Vergangenheit, natürlich, er war keine vierzehn mehr, sondern vierzig, da schleppte man nun einmal eine Vergangenheit mit sich herum. Man brauchte nicht an Seelenwanderung zu glauben, um das zu verstehen. Wer deine Eltern waren, die guten und die bösen Feen an deiner Wiege, alte Leiden – das spielte immer eine Rolle, jeden Tag, jede Stunde deines Lebens, bei jeder Begegnung.

Auf dem Parkplatz wurde laut gehupt. Zwei Fahrer riefen einander etwas zu, wurden jedoch von einem plärrenden Radio übertönt. Am anderen Ende der Leitung schwieg Edith, sie hatte sicher etwas gefragt, aber was?

»Moment, Edith, ich schaue mal, ob Berends Auto schon da ist.« Er sah den grünen Volvo-Kombi, doch Berend selbst war nirgends zu entdecken. »Er wird in der Halle sein, er ruft dich an, sobald er hier ist, gut? Ja, wirklich, ich sage ihm, daß du versucht hast, ihn zu erreichen.«

Als er Berends Zimmer verließ, hörte er den Fahrstuhl summen. Endlich, da war Carla. Früher war seine Sekretärin die drei Treppen nach oben gelaufen, seit sie schwanger war, nahm sie den Lift.

Es war nicht Carla, sondern Berend, der kurz darauf seinen Kopf durch die Tür steckte und schmunzelnd fragte, was das Mäuschen neben der Pflanze auf dem Flur zu suchen habe.

»Mäuschen?«

»Sie sieht so geknickt aus, als ob sie in einem Film gegen Tierversuche mitwirken würde.«

»Eine Bewerberin«, sagte Jaap, während er seinen Laptop so drehte, daß Berend das Haus sehen mußte, »hat einen Termin bei Carla, aber die ist noch nicht da. Weißt du etwas von einem Arztbesuch, weswegen sie später kommen wollte?«

»Nein, aber schwangere Frauen sind mitunter etwas vage. Vage und träge.«

Wäre es nur bei diesem Männergeschwätz geblieben. Berend fuhr es durch den Kopf: Ich muß hier weg. Es wird etwas von mir erwartet, wozu ich keine Lust habe. Ich werde die falschen Dinge sagen, ich spüre es. Aber er ignorierte meine Eingebung, er roch Blut. Er konnte der Versuchung nicht widerstehen und tat, als ob er das Foto des Hauses nicht sehen würde. Kurz angebunden fragte er, warum Jaap gestern nachmittag nicht bei der Versammlung gewesen sei: interne Überwachung, doch kein unwichtiges Thema?

Nicht nur die Frage berührte Jaap unangenehm, sondern vor allem der Ton. So argwöhnisch und beschuldigend, als ob er die Diebstähle begangen hätte. Am Freitag hatte er doch bereits angekündigt, daß er am Montag erst in die Niederlassung in Belgien müsse und danach gleich weiter zum Makler, um über ihr letztes Angebot zu sprechen. Normalerweise merkte sich Berend solche Dinge, seit er hier die Leitung hatte, war das Betriebsklima viel zwangloser geworden.

»Morgens Brüssel, den Bericht kriegst du gleich. Nachmittags mußten wir den Knoten durchhauen. Das Haus, um das wir schon seit Wochen herumkreisen, erinnerst du dich?«

»O ja, das Haus ... das Haus am Wasser«, sagte Berend. Er hatte es also nicht vergessen.

»Nun schau, das ist es. Unser Haus. Sobald es dort einen Tisch und ein paar Stühle gibt, weihen wir es mit einem Fest ein. Ihr seid auch eingeladen, hiermit.«

Eine Pause entstand. Berend starrte auf den Bildschirm, er reagierte nicht, seinem Gesicht war nichts abzulesen. Dadurch fing Jaap selbst an zu plappern über die Anzahl der Zimmer, die beiden Bäder, ein Meer von Licht und Aussicht nach allen Seiten, ja, das sei etwas ganz anderes als die Wohnung im Obergeschoß, wo er schon zwölf Jahre lebte.

Berend nickte verstimmt. »Was kostet so ein Haus denn heutzutage?«

»Dreihundertfünfzigtausend.«

»Euro?«

»Ja, was dachtest du denn! Dédé hat auch ein gutes Gehalt«, fügte er schnell hinzu. Im Grunde seines Herzens fand er, daß es niemanden etwas angehe, wie er die Finanzierung bewerkstelligen würde, und trotzdem verspürte er das Bedürfnis, zu erklären, wie er sich diesen Schritt leisten konnte. Sollte er Berend ins Vertrauen ziehen? Er blickte ihn von der Seite fragend, fast flehend an.

Wie soll das gehen, wenn wir Kinder haben wollen, hatte er Dédé gefragt, als sie einen Strich unter ihre letzte Berechnung gemacht hatte. Sie hatte die Arme um ihn gelegt: Wir haben doch noch alle Zeit der Welt? Ja, sie, sie vielleicht schon, sie war gerade erst dreißig. Rein technisch, in der Theorie konnte er mit fünfzig noch Vater werden, auch noch mit achtzig, aber er wollte es nicht noch jahrelang hinausschieben. Natürlich, sie mußte die Kinder austragen, gebären, also mußte sie entscheiden, wann sie soweit war. Er fürchtete nur, daß sie den Moment wieder und wieder hinauszögern würde. Daß das Kind dieser viel zu hohen Hypothek geopfert werden würde. Der Hypothek auf ein Haus, in dem Platz für drei Kinder war. Möglicherweise war er zu nachgiebig gewesen, aus Bequemlichkeit, aus Angst, daß sie sagen würde: Dann nimm du doch die Sache in die Hand.

»Das einzige Problem ist, daß sie dann immer wird arbeiten müssen, voll.« Er versuchte, so locker wie möglich zu klingen. »Aber nun ja, wir wollen auch gern Kinder haben, irgendwann, auch wenn das natürlich keine Eile hat …«

Berend unterbrach ihn.

»Dreihundertfünfzigtausend, Donnerwetter, da gehört sicher ein schönes großes Grundstück dazu?«

»Zur Straße hin nur ein kleiner Streifen, aber das ist Norden, die Rückseite, die also eigentlich die Vorderseite ist, schaut aufs Wasser.«

Berend beugte sich über den Bildschirm. »Wasser? Wo denn, ich sehe kein Wasser.«

Jaap fuhr mit dem Finger über die leicht abfallende Wiese. Dort käme eine Terrasse hin, wo sie nach der Arbeit einen Drink nehmen würden. Die Treppe zum Wasser war schon da, sie konnten sofort losrudern, in der Abenddämmerung im Schilf picknicken. Wenn er sich das vorstellte, zweifelte er keine Sekunde mehr.

»Hier, siehst du?«

»Dieser Graben?« Berend fing an zu lachen, Jaap fühlte, wie er von Kopf bis Fuß errötete.

»Das Foto täuscht. In Wirklichkeit ist es ein Stück breiter. Die Nachbarn haben sogar ein Boot dort liegen.«

»Gibt es denn schon einen Steg, oder läßt du den noch bauen?«

»Ein Ruderboot, meine ich, das bindet man an einen Pflock. Mehr brauche ich auch nicht, ich bin nicht so ein Bootsmensch.«

Ohne das Foto wegzuklicken, klappte er den Bildschirm zu, griff mit der einen Hand nach der Post, während er mit der anderen seinen Koffer hochnahm. Er bekam das Codeschloß nicht gleich auf, was nicht so schlimm gewesen wäre, wenn Berend nicht, noch immer, über seinem Schreibtisch gehangen und ihm auf die Finger geschaut hätte.

»Wenn ihr mal Kinder habt«, begann Berend.

Jaap schnappte nach Luft, er mußte hinaus, eine Zigarette rauchen.

»Nun, soweit ist es noch nicht. Meine Freundin liebt ihre Arbeit, vielleicht wird es ja nie was. Auch gut.«

»Aber wenn, dann solltest du schon einen Zaun um den Garten ziehen«, sagte Berend. »›Mein Bruder kannt' noch keine Wasserlinsen ...‹, das Gedicht kennst du doch bestimmt?«

Erst als Jaap aus dem Zimmer flüchtete, erinnerte er sich an Ediths Bitte. Es sei wichtig, hatte sie gesagt – er beschloß, den Anruf zu vergessen. Es war nicht das erstemal, daß Berends Stimmung von einer Sekunde auf die andere umschlug. Er tat zwar wer weiß wie jovial, aber das hatte nicht viel zu bedeuten. Seine Herzlichkeit galt allen und niemandem im besonderen. Es wurde Zeit, daß sie wieder etwas sachlicher miteinander umgingen, keine Fotos anschauen, kein freundschaftliches Geplauder mit der Frau des anderen über Umzüge und die Kinder, die Kinder ... Konnte es vielleicht einmal um etwas anderes gehen?

Auf dem Weg zum Fahrstuhl fiel sein Blick auf die Bewerberin. Sie hatte ihre Kostümjacke ausgezogen und über die Armlehne des Ledersofas gelegt. Daß jemand am Ende des Sommers so weiß sein konnte, sie sah aus wie ein Albino. In sich versunken, kratzte sie an einer schorfigen Stelle auf ihrem Arm. Als sie Jaap bemerkte, ließ sie davon ab, griff aber sofort nach dem Ende ihres Pferdeschwanzes und wand ihn sich um den Finger.

Alles an diesem herumnestelnden Wesen war ihm zuwider, doch er würde es sich nicht anmerken lassen. Nein, sie konnte nichts dafür, sie hatte nichts damit zu tun. Mit einem breiten Grinsen bot er ihr noch eine Tasse Kaffee an. Ohne die Antwort abzuwarten, warf er eine Münze in den Automaten.

»Ich habe mal nachgefragt, niemand weiß etwas von einem anderen Termin, sie wird also jeden Moment hiersein. Es wundert mich, daß sie noch nicht angerufen hat, das paßt nicht zu Carla. Zucker, und viel Milch ... einen ganzen Graben voll Milch, wenn ich mich recht erinnere?«

Das dritte Glied in der Kette

Während Jaap auf dem Parkplatz hin und her ging und beißende Züge von seiner Filterzigarette nahm, stand Carla nichtsahnend im Stau. Was ich sah, brauche ich nicht zu beschreiben, seit die Menschen sich durch die Luft fortbewegen können, ist das Bild so einer endlosen Reihe stillstehender Dinky Toys nichts Besonderes mehr. Außergewöhnlich wird es erst, wenn jemand sich selbst wie aus der Distanz betrachtet. So jemand schien Carla mir auf den ersten Blick zu sein. Sie gab sich alle Mühe, ruhig zu bleiben, und redete sich streng zu. »Nichts zu machen, das ist höhere Gewalt. Reg dich nicht auf, ist nicht gut für deinen Blutdruck.«

Sie hatte gerade heute früher dasein wollen, um in aller Ruhe das Bewerbungsschreiben noch einmal zu lesen. Doch dadurch, daß sie fünf, nun ja, höchstens zehn Minuten später als sonst aus dem Haus gegangen war, steckte sie nun in Schwierigkeiten. Wenn sie nur nicht in letzter Sekunde die Wäsche in die Maschine getan, in die Tasche einer Jeans gegriffen und auf einmal den Schlüssel vom Rennrad ihres Mannes in der Hand gehabt hätte. Ein Fund, über den sie Anton sofort informieren wollte, denn er hatte schon seit Tagen danach gesucht. Hätte sie das Telefonat kurz gehalten, dann wäre noch nichts gewesen, aber sie waren doch wieder ins Plaudern gekommen über den Film von gestern abend. *L'argent* war die

Geschichte, oder eigentlich eine Perlenschnur von Geschichten, über einen falschen Geldschein und die Menschen, die ihn in ihrer Arglosigkeit anfaßten. Der Film enthüllte, was der Betrug alles durcheinanderbrachte, kaputtmachte. Wo, fragten sie sich, bei wem hätte diese Kette von Lügen durchbrochen werden können?

Direkt vor ihr, in der Ferne, stieg eine Rauchsäule über der Straße auf. Auf dem Standstreifen fuhr ein Polizeimotorrad mit Blaulicht und heulender Sirene vorbei, kurz darauf folgten eine Feuerwehr und ein Rettungswagen. Das Kleid klebte ihr am Rücken, sie hatte das Gefühl, daß sie fast keine Luft mehr bekam, und öffnete den Sicherheitsgurt. Dieses Telefonat wegen des Fahrradschlüssels war ein Vorwand gewesen. Sie hatte Anton angerufen, weil sie Zweifel hatte, ob er noch wußte, daß er heute nachmittag schon um fünf zu Hause sein mußte, um sich um den Zimmermann zu kümmern, der die Dachgaube im Kinderzimmer bauen wollte. Sie legte die Hand auf ihren Bauch und strich sich mit dem Daumen über den Nabel. Wenn es stimmte, daß Mozart beruhigend auf ein Ungeborenes wirkte, dann konnte es doch auch sein, daß es von Sirenen durcheinandergebracht wurde.

»Ganz ruhig ... Ich verspreche dir, daß ich nicht hinschaue«, sprach sie beschwörend.

Es war schon eine ganze Menge in dem Kind vorhanden, Eigenschaften, die in den Genen bereitlagen, schöne und weniger schöne Züge, auf die sie keinerlei Einfluß hatte. Aber sie tat, was sie konnte, damit es gesund zur Welt kam, sie hatte aufgehört, zu rauchen und zu trinken, und schluckte Folsäure. Manchmal war ihr sonderbar zumute, diese neue Verantwortung, das ständige Abwägen, ob etwas auch gut sei für jemanden, den sie noch nicht kannte. Vielleicht vollzog sich diese Veränderung bei einem Mann später, erst wenn er das Kind festhalten konnte. Wahrscheinlich war es Anton noch immer nicht wirklich ins Bewußtsein gedrungen, daß er Vater wurde, und er gab sich deshalb so gleichgültig gegenüber einem Termin, den er selbst vereinbart hatte.

Als sie sich im Schrittempo der Unglücksstelle näherte, gelang es ihr doch nicht, die Augen abzuwenden. Durch das offene Fenster nahm sie den Geruch von verbranntem Gummi wahr, schnell drehte sie es hoch. Es war unmöglich, den jungen Mann mit dem schneeweißen Oberhemd in den Leitplanken nicht zu sehen. Wie alt mochte er sein? Der stumpfe Blick gab ihm etwas Altersloses, er konnte achtzehn sein, gerade seinen Führerschein gemacht haben, aber auch dreißig. Etwa zehn Meter weiter lag ein umgekippter, ausgebrannter Lieferwagen auf dem Grünstreifen, nicht weit davon entfernt ein Frauenschuh, eine elegante goldene Sandale. Zwei Sanitäter schoben eine Trage in den Rettungswagen. Der Körper war mit einem Laken zugedeckt, den Kopf konnte sie nicht sehen.

Ein Schauer überlief sie, die Haare in ihrem Nacken stellten sich auf. Es war, als ob es ihr erst jetzt, eingeschlossen in ihrem Auto, bewußt wurde: Das Leben, auch das Leben des Kindes in ihrem Bauch, konnte in einer Sekunde vorbei sein. Aus. Durch einen entgegenkommenden Wagen, dessen Fahrer geschlafen hatte, durch einen herunterfallenden Dachziegel, einen abbrechenden Ast, einen Schlag gegen die Schläfe. In drei Monaten war es soweit; sobald die Nabelschnur durchtrennt worden wäre, würde sie ihr Kind nicht mehr beschützen können. Sie konnte es zwischen ihnen schlafen lassen, die

Wiege ans Fußende stellen, es in einem Sack auf ihrem Bauch tragen, bis es zu schwer wurde, es überall mit hinnehmen, doch letztendlich würde sie es nicht vor dem hier bewahren können ... Jedes Jahr, je größer und stärker es wurde, würde es weiter von ihr weg wollen, erst auf einem Dreirad, später auf dem Fahrrad, dann auf einem Moped.

Sie schaute auf ihren Bauch. »Kannst du nicht lieber da drin bleiben?« Sie sah ein Kleinkind vor sich, einen Jungen – warum, wußte sie nicht, aber sie war sich sicher, daß es ein Junge war –, einen Mann, noch immer in Fötushaltung, und sie wuchs mit, wurde eine Riesin mit einem erwachsenen Kerl im Bauch, der einen Anzug mit Nadelstreifen trug und eine Melone. Er spielte mit einem Paar Autoschlüssel, als ob es eine Rassel wäre, sie hielten über Klopfzeichen Kontakt miteinander, und in regelmäßigen Abständen ließ sie im Krankenhaus einen Ultraschall machen, um zu wissen, wie er nun aussehe. Aber was war, wenn sie einmal starb? Würde er dann auch sterben, oder würde er dann erst geboren werden, würde sie ihn auf dem Sterbebett gebären? Sie verstand nicht, warum sie jetzt weinen mußte. Wegen dieser goldenen Sandale auf dem Grünstreifen, wegen des Gedankens an ihren eigenen Tod oder weil Anton den Termin mit dem Zimmermann vergessen hatte?

Bevor sie aus dem Auto stieg, zog sie sich die Lippen nach und setzte eine Sonnenbrille auf, um ihre verweinten Augen zu verdecken. Jetzt, wo ihr fast nichts aus ihrem Kleiderschrank mehr paßte und sie nur noch Kartoffelsäcke tragen konnte, lebte sie sich an teuren Schuhen aus. Am Samstag hatte sie sich auch eine neue Ledertasche gekauft und diese Gucci-Brille. Aber nach dem Unfall auf dem Ringweg kam ihr diese Anschaffung plötzlich übertrieben vor, protzig, verschwenderisch.

Neben dem Eingang lehnte Jaap an der Wand. Er sah sie nicht, warf seine Kippe auf den Boden und trat sie mit einer drehenden Bewegung seiner Schuhspitze aus. Er hörte gar nicht wieder auf damit, als ob jede Spur der Kippe verschwinden müsse. Das Schlagen der Autotür ließ ihn aufblicken; er nickte Carla zu und lief hinein. Ohne sich zu beeilen, schloß sie die Tür ab und begab sich langsam zum Eingang. Es hatte nichts mit ihrem dicken Bauch zu tun, daß sie sich etwas zurückhielt, sie wollte einfach nicht gleichzeitig mit Jaap nach oben fahren. Dem Schild neben den Knöpfen zufolge konnte der Lift 450 Kilo oder sechs Personen heben, aber er war eigentlich schon für eine Person fast zu eng. Wenn sie den Fahrstuhl mit jemandem teilen mußte, bekam sie immer diese Zwangsvorstellungen: Sie würde nach Schweiß riechen oder aus dem Mund, sie könne das Wasser nicht halten, nichts mehr halten, und der Aufzug würde ein paar Stunden zwischen zwei Etagen steckenbleiben.

An der offenen Fahrstuhltür wartete Jaap auf sie. Offenbar sah er, daß sie zögerte, denn er sagte: »Ich würde den Lift nehmen, sonst kommst du noch eine Viertelstunde später.« Eine Grabesstimme, kein Fünkchen Spott. »Vielleicht hast du es vergessen, aber oben sitzt schon seit neun Uhr eine Bewerberin für dich.«

Sie zog die Augenbrauen hoch und gesellte sich zu ihm.

Die Tür schloß sich nicht sofort, es war noch nicht zu spät. Steif standen sie nebeneinander, ohne ein Wort zu sagen. Die Berieselungsmusik, die meistens für etwas Ablenkung sorgte, und sei es auch nur, weil jeder sich darüber beschwerte, war aufgrund eines losen Kabels verstummt. Stille, das war es, was ich brauchte ... Sei auf der Hut, Jaap, flüsterte ich ihm ein, mach aus dem Splitter in deinem Herzen keinen Dolch. Tu, was du vorhattest, Carla, nimm die Treppe oder geh noch einmal am Empfangsschalter vorbei, erfinde etwas!

»Ich stand im Stau«, antwortete Carla, während sich der Fahrstuhl in Bewegung setzte. Sie sann auf einen Scherz, um die Spannung zu durchbrechen, aber ihr fiel nichts ein, denn sie sah die ganze Zeit jenen adrett gekleideten Mann vor sich, in ihrem Bauch. In der zweiten Etage hielt der Fahrstuhl, langsam surrte die Tür auf, doch es stand niemand da, unheimlich fand sie das, immer schon, und jetzt erst recht. Endlich, nach einer Ewigkeit, wie ihr schien, fuhr der Lift weiter. Sie drückte sich an die Rückwand, um den Abstand zwischen sich und Jaap so groß wie möglich zu halten. Aus irgendeinem Grund hatte sie das Gefühl, daß Jaap sie mit Absicht in den Lift gelockt habe. Aber warum? Er hatte nie versucht, mit ihr anzubändeln, war nie weiter gegangen, als zu bemerken, daß er ihren weichen Akzent unwiderstehlich finde. Auf einmal bekam sie Angst, daß er sich an sie pressen könnte – schwanger oder nicht –, ihr Kleid hochschieben, seinen Hosenschlitz öffnen ... Sie mußte ihn ablenken.

»Ach ja, was ich mich gefragt habe: Hat es geklappt mit eurem Hausboot?«

»Welches Hausboot?«

»Das Boot, das ihr euch schon ein paarmal angeschaut habt? Irgend jemand hat davon erzählt, gestern in der Kantine, eine umgebaute Tjalk oder so?«

»Ein Haus am Wasser, keine Tjalk. Du lieber Gott, was

hier getratscht wird. Habt ihr nichts Besseres zu tun? Soviel ich weiß, habe ich nur mit Berend darüber gesprochen.«

»Und, habt ihr euch nun schon entschieden?«

»Ja, alles unter Dach und Fach.«

»Toll, gratuliere.«

Er nickte und ließ seinen Blick auf ihrem Bauch ruhen. Dies war ein Männerbetrieb, und sie war einiges gewohnt, sie hatte da so ihre Tricks. Wenn ein Fahrer ihr ständig auf die Brust schaute, verschränkte sie die Arme vor ihrer Bluse und tat, als ob sie etwas am Hals kribbele oder sie unbedingt ihren Kragen zurechtrücken müsse. Aber ihr Bauch war zu groß, um ihn mit einer Tasche oder einer beiläufigen Geste zu verbergen.

Während Jaap sich noch immer merklich Mühe gab, nicht auf ihren Nabel zu starren, der schon seit ein paar Wochen keine Vertiefung mehr war, sondern ein ausgestülpter Ring aus Fleisch, der durch ihr sommerliches Leinenkleid nur allzu sichtbar war, fing er an, ihr die Leviten zu lesen. Sie hätten ja viel Verständnis dafür, daß sie hin und wieder zum Arzt müsse, solange es nicht auf Kosten der Arbeit gehe.

Mit eiskalter Ruhe zog sie sich die Sonnenbrille von der Nase und zählte in Gedanken bis zehn. Gut, sie arbeitete für ihn, genaugenommen war er ihr Vorgesetzter, aber so ging man hier nicht miteinander um.

»Was ist denn mit dir los, Jaap? Mit dem linken Bein zuerst aufgestanden?«

Seine Nüstern blähten sich zu großen dunklen Löchern, Höhlen, in denen alles mögliche zu sehen war. Haare, ein Popelschüppchen, das sich im Rhythmus seiner immer schneller werdenden Atemzüge hin und her bewegte. Der

Fahrstuhl hielt an, das Ding-Dong beendete ihr Gespräch, und die Tür ging auf. Höflich ließ Jaap Carla den Vortritt, doch als sie sich an ihm vorbeischob, ergriff er ihr Handgelenk.

»Ich hoffe nur, daß das kein Vorbote davon ist, wie es in Zukunft laufen wird, wenn das Kind da ist.«

Ihre Finger umklammerten die neue Brille so fest, daß Carla für einen Moment befürchtete, sie zu zerbrechen.

»Was meinst du?«

»Daß du alle naselang zu spät kommst oder gar nicht auftauchst, wenn dein Kind krank ist. Wir sind ein dynamischer Betrieb, wir müssen vollen Einsatz zeigen.«

Sie mußte sich beherrschen, um seine Hand nicht wegzuschlagen und ihm einen Kniestoß zu versetzen. Aber sie räusperte sich nur und sagte, wenn ihr Kind krank wäre, würde ihr Mann zu Hause bleiben. Das sei prima geregelt, wirklich. Das hätten sie von vorn bis hinten durchgesprochen. »Mach dir keine Sorgen.«

Gegenüber dem Fahrstuhl saß eine junge Frau, die sie hier noch nie gesehen hatte. Das mußte die Bewerberin für die Stelle im Callcenter sein, normalerweise würde die Personalabteilung das erledigen, aber dort waren alle im Urlaub. Mit ausgestreckter Hand lief sie auf das Mädchen zu und erschöpfte sich so wortreich in Entschuldigungen, daß es wie eine Ausrede wirkte. Sie ging voraus in ihr Zimmer. Dort griff sie sich eine Mappe aus der obersten Schublade ihres Schreibtischs und drückte sie an sich, so daß das Mädchen nicht sehen konnte, was darauf stand. Auf der Toilette würde sie noch schnell einen Blick in die Bewerbung werfen.

Sie mußte sich sammeln. Wenn ein Tag so verquer begann, war den ganzen Tag der Wurm drin. Dann ließ sie alles fallen, löschte Daten, die gespeichert werden sollten, geriet mit jedem in heftigen Streit, um nichts. Erst mal ein bißchen Wasser trinken, die Handgelenke unter den Hahn, sich abkühlen.

Als sie die Toilette kurz darauf noch ebenso erregt verließ, lief sie auf dem Gang Berend über den Weg. Er zeigte auf das Sofa beim Kaffeeautomaten, wo nun niemand mehr saß.

»Nein, sag nichts! Bitte nicht, nicht du auch noch. Ich weiß. Ich bin furchtbar spät, aber es hat einen Unfall gegeben. Mit Rettungswagen, Blut auf der Straße.«

Sie hatte erwartet, daß Berend das zur Kenntnis nehmen würde, während er ihr im Vorbeigehen schon ein paar Aufträge erteilte: Sorg dafür, daß, telefonier noch mal mit, ich will, du mußt. Aber er blieb stehen, alle Farbe war aus seinem Gesicht gewichen.

»Ein Unfall, ein tödlicher Unfall, wo?«

»Auf dem Ringweg.«

»Was ist passiert ...? War es, war ein Triumph dabei?«

»Entschuldige, Mädchen achten nicht auf Marken.«

»So ein flacher roter Sportwagen, du weißt schon ...«, sagte er drängend.

»Nein, ich glaube nicht, aber das Auto war vollständig ausgebrannt. Darf ich jetzt durch?«

Sie schoß an ihm vorbei in ihr Zimmer, um sich nun endlich der Bewerberin zu widmen. Es entging ihr, daß Berend mitten auf dem Flur stehenblieb und sich mit dem Finger nachdenklich über eine Schramme am Kinn strich, während in seinem Büro das Telefon klingelte und ihm am Ende des Flurs jemand mit einem Fax winkte. Es war höchste Zeit, an die Arbeit zu gehen, und Carla zog die Tür hinter sich zu.

Bei Swift standen die Türen immer offen, das war ein ungeschriebenes Gesetz, eine geschlossene Tür bedeutete: nicht stören. Jetzt war die Bewerberin Carla also mindestens eine halbe Stunde lang völlig ausgeliefert. Jetzt konnte nichts und niemand in dem brütend heißen Zimmer – in dem es stark nach Farbe roch, weil Carla eine Menge Gelb in das Latex hatte mischen lassen – als Blitzableiter dienen.

Die Spur zurück

Edith lief barfuß durch die offenen Erkertüren in den Garten und hielt ihr Gesicht in die Sonne. Wenn es einen Monat gab, den sie über alles liebte, dann war es der September. Wäre sie ein Maler, so würde sie all ihre Bilder »der Neunte« nennen oder »Nachsommer«. Sie liebte das milde Licht, die Hortensien und Rosen waren fast verblüht, der Garten hatte weniger Farbe als vor einem Monat, aber was noch an Farbe übrig war, gewann an Tiefe, man nahm wieder verschiedene Grüntöne wahr, seit die Sonne nicht mehr so grell auf die Rabatten schien.

Aus den Nachbargärten fing sie hier und da einen Gesprächsfetzen auf; manchmal erkannte sie eine Stimme, ein Lachen, o ja, die Nachbarn hinten waren aus Tschechien zurück, stimmt, gestern hatte sie das Wohnmobil vor der Tür stehen sehen. Irgendwo wurden Tassen auf einen Tisch gestellt, woanders Äste verschnitten; sie hörte das Schnappen der Klingen, ein trockenes Ticken, Geraschel. Ein paar Häuser weiter war jemand beim Schleifen, mit der Hand zum Glück, die Waschmaschine der Nachbarn begann zu schleudern, so daß die Fenster des Badezimmers in ihren Rahmen zitterten.

Nicht nur wegen des Lichts und der Farben liebte sie diese Jahreszeit, nicht nur weil Fenster und Hintertüren offenstanden, was eine angenehme Art von Intimität zwischen den Bewohnern des Viertels schuf, von denen sie manche nur vom Sehen kannte, sondern auch weil die Tage nun wieder ihr gehörten. Ihre Mutter hatte früher mitunter ein Lied gesungen, von dem sie sich nur noch an eine Zeile erinnerte: »Wenn das Kind zur Schule muß, dann ist die Mutter froh.« Genauso war es. Die Kinder gingen schon wieder die zweite Woche in die Schule; sieben Wochen Herumreiserei, Ausflüge in Schwimmbäder und Tierparks hatten ein Ende. Und doch hing noch immer etwas Träges, Mediterranes in der Luft. Sooft es ging, frühstückten sie im Erker bei geöffneten Türen, und abends schleppten sie den Tisch in den letzten Sonnenstreifen, hinten im Garten, im Windschatten der alten holunderbewachsenen Mauer, die die Wärme noch lange festhielt. Jeden Tag wurden mehr Herbstfäden zwischen den Sträuchern gewebt, aber von ein paar Spinnen ließen sie sich nicht vertreiben. Nach dem Essen blieben sie so lange wie möglich draußen sitzen, während die Kinder auf der Straße spielten oder auf dem Schulhof gegenüber.

Sie streckte sich und lief auf dem schmalen gewundenen Pfad weiter in den Garten hinein zum Rosenbeet. Nachher würde sie ein paar welke Blumen abschneiden – vielleicht gab es ja, wenn das Wetter so blieb, noch eine Nachblüte –, und nicht vergessen, das Blatt vom Bärenklau neben dem Schuppen abzuschlagen. Die Kinder mußten direkt daran vorbei, wenn sie ihre Fahrräder holten, und die haarige Klaue verursachte eine Art Brandblase, die tagelang juckte. Nachher ... erst dieses, dann jenes, laß dir nur wieder zehntausend Dinge einfallen, es wird dir doch nicht gelingen, du kannst nicht darauf beharren, daß dies ein normaler, entspannter Septembertag sei.

Berend war zähneknirschend zur Arbeit gefahren, und sie hatte kein gutes Gefühl dabei, überhaupt kein gutes.

Sie ließ die Kinder nie wütend einschlafen und Berend lieber nicht knurrend aus dem Haus gehen. Ruhelos schlenderte sie den Pfad auf und ab, hob einen leeren Blumentopf auf, hielt ihn einen Moment in der Hand und stellte ihn woanders wieder ab. Aber wenn sie jetzt schon nicht mehr wußte, welcher Gedanke sie im Halbschlaf überfallen hatte, was sich zwischen ihn und sie gezwängt hatte, konnte es doch nie und nimmer etwas Wichtiges sein? Und dann brauchte sie sich doch keine Sorgen zu machen, geschweige denn Gewissensbisse zu haben? Sie hätte höchstens etwas taktischer vorgehen können, sie wußte schließlich, wie er war, manchmal wünschte sie, er wäre anders, nicht so präsent, etwas weniger aufdringlich. Wo er auch eintrat, bestimmte er die Atmosphäre. Nicht umsonst war der Bärenklau, der weit über den Fahrradschuppen hinausragte, für ihn die schönste Pflanze des Gartens. Geduld, Geduld, noch ungefähr drei Jahre. Nach dem vierzigsten Geburtstag schienen sich Männer zu verändern, dann wurden sie nicht mehr von der Begierde regiert, dann kamen die Hormone zur Ruhe. Solange er nur nicht zu ruhig wurde, denn es war auch schmeichelhaft, daß er ihr nach sieben Jahren Ehe noch immer täglich zu erkennen gab, daß er Verlangen nach ihr hatte.

Sie pflückte ein verschrumpeltes Rosenblatt ab, zerrieb es zwischen den Fingern und schnupperte an ihren Fingerspitzen. Außer dem faden Geruch verblühter Rosen roch sie noch etwas anderes, es kam von weiter her, ein Fäulnisgeruch. Die Müllabfuhr war längst dagewesen; hatte vielleicht jemand einen Sack mit Fleischresten übersehen? In den Ferien ließen die Leute ihren Abfall manchmal wochenlang in einem Schuppen stehen, um, sobald sie zurück waren, all diese gärenden Säcke gleichzeitig auf die Straße zu werfen.

Langsam ging sie zum Erker zurück. Schon seit ein paar Jahren versuchte sie, ihren Kalender bis Ende September so leer wie möglich zu halten, um den Sommer auszudehnen. Die meisten Patienten, hauptsächlich hochbetagte Männer und Frauen mit abgenutzten Gelenken, waren noch, oder gerade erst, im Urlaub. Im September machte sie höchstens drei Behandlungen am Tag, sie begann nicht vor zwölf und war bereits wieder fertig, wenn die Kinder aus der Schule zurückkehrten. An den Vormittagen werkelte sie in Haus und Garten herum, wusch die Gardinen der Praxis, Dinge, zu denen sie den Rest des Jahres nicht kam.

»Was ist daran verkehrt?« sagte sie laut und zog mit einem Ruck den Gürtel ihres Morgenmantels straffer. Es war diese Person von gestern, den ganzen Morgen war ihr die Frage durch den Kopf gegangen: Was war heute früh nur passiert, welche Erinnerung, an wen, hatte dazu geführt, daß sie Berends Hand weggeschoben hatte? Jetzt wußte sie es auf einmal wieder.

Sie waren schon während der Ausbildung in Utrecht keine Freundinnen gewesen, aber als sie ihr gestern im Supermarkt begegnete, war sie erstaunt über das Gift in Helmis Ton, als ob es eine Flüssigkeit wäre, die durch das Lagern noch saurer geworden war. Früher, in ihrer Studienzeit, war er schon dagewesen, der unausgesprochene Vorwurf, daß Edith es leicht habe, ein Sonntagskind sei – der Teufel scheißt immer auf den größten Haufen. Edith bewohnte eine Dachkammer in dem großen Haus einer Tante, Helmi fand erst nach monatelangem Umherirren ein kleines Zimmer mit Blick auf eine blinde Mauer. Edith konnte sich ganz der Ausbildung widmen, Helmi mußte nebenbei arbeiten, um über die Runden zu kommen. Wenn Edith mitten im Monat keinen Cent mehr hatte, konnte sie jederzeit bei ihrer Tante anklopfen, was sie nie machte, weil sie unbedingt auf eigenen Beinen stehen wollte, aber in der Tat: Im Notfall wäre es möglich gewesen. Sie strahlte eine Selbstsicherheit aus, die Helmi rasend machte.

Nach all den Jahren war es noch immer da: du schon, ich nicht. Das ewige Vergleichen. Es wirkte wie Interesse, Fragen, die man einander nun einmal stellt, doch Helmis saugende Neugier entsprang weder Interesse noch Höflichkeit. Oh, du hast deine Praxis im Haus. Was du nicht sagst, in einer umgebauten Garage. Wie schön, du arbeitest nur zwanzig Stunden und während der Schulzeit, was für ein Luxus, das würden wir alle gern wollen, Edith, aber nicht jeder hat einen reichen Mann. Um die Verwirrung komplett zu machen, tat Helmi dann auf einmal wahnsinnig herzlich: So ein Zufall, daß wir uns hier über den Weg laufen, laß uns mal was ausmachen.

Warum war ihr dieses Gespräch heute morgen eingefallen, ausgerechnet in dem Moment, als ihr gar nicht so reicher Mann – ein aufgestiegener Fahrradkurier, wie er sich selbst nannte – sie verführen wollte? Sie gab es sofort zu: Sie liebte ihre Arbeit, aber sie war nicht sehr ehrgeizig. Sie hatte hin und wieder Angebote bekommen, doch sie hatte keine Lust, in einer Gemeinschaftspraxis in einem Gesundheitszentrum an Versammlungen teilzunehmen und Rechenschaft darüber ablegen zu müssen, warum sie einen Patienten so behandelte und nicht anders. Häufig nahm sie einen Patienten mit hinein, um Tee zu trinken und ein wenig zu reden, denn die Ursache vieler Zipperlein und Alterswehwehchen war Einsamkeit.

Manchmal massierte sie jemanden, mit dem ein anderer komplizierte Übungen gemacht hätte, weil sie wußte, wie gut es tat, berührt zu werden, eine Hand über die Haut streichen zu fühlen.

Einmal war sie zu weit gegangen. Sie war gerade dabei gewesen, sich die Hände mit einem nach Moschus duftenden Massageöl einzureiben, als ein Patient – ein tatteriger Mann, der mit entblößtem Oberkörper in einer zu großen Unterhose vor ihr auf dem Behandlungstisch lag – mit einer erstaunlich kräftigen Bewegung ihre rechte Hand ergriffen und sie gezielt in seinen Schritt geführt hatte. Ehe sie sich hatte fragen können, ob das wohl klug sei, hatte sie ihn gestreichelt und geknetet, bis er stöhnend in ihren Händen gekommen war. »So, erleichtert das?« – »Enorm, enorm«, hatte er gestammelt. »Danke, du bist so lieb.«

Wie sie ihm beim nächsten Termin unter die Augen treten sollte, wußte sie nicht. Lange hatte es sie allerdings nicht um den Schlaf gebracht, denn ein paar Tage später hatte sie erfahren, daß der Mann gestorben war, und da war sie nur froh gewesen, daß sie ihm noch einen Moment des Genusses hatte bereiten können.

Vielleicht war sie zu lasch, ein wenig faul auch; all ihre Freundinnen joggten, um schlank zu bleiben, doch sie schlenderte lieber, und noch viel lieber saß sie im Sessel und las ein Buch. Wenn sie nicht aufpaßte, würde sie mit den Jahren immer molliger werden, nicht zuletzt, weil sie nicht nein sagen konnte zu den Weesper Plätzchen, Limburger Kuchen, Friesischen Zuckerbroten, mit denen ihr ihre Patienten ihre Zuneigung bezeigten. Sie tat die Dinge nun einmal gern in aller Ruhe und schlief lieber neun als acht Stunden. Wenn sie kein Problem damit hatte, warum wurmte Helmis Bemerkung sie dann so sehr, daß sie sich vierundzwanzig Stunden später, durch die bloße Erinnerung daran, gereizt von Berend weggedreht hatte? Sie könnte es ihm nicht einmal erklären, wenn er gleich zurückrufen würde – apropos, warum hatte er noch immer nicht zurückgerufen, es würde doch nichts passiert sein?

Auf den Platten der Auffahrt waren Schritte zu hören. Schnell schlüpfte sie in den Erker und drückte sich ans Bücherregal, so daß sie von der Haustür aus nicht zu sehen war. Die Klingel summte und summte erneut, länger diesmal. Kurz darauf kamen die Schritte näher, und das Gartentor schwenkte knarrend auf.

»Mivrouw? Edith, bist du zu Hause?«

Es war die Stimme von Miriam. Komisch, es paßte nicht zu ihr, sich im Tag zu irren, Dienstag vormittag hatte sie doch immer Niederländischunterricht!? Während sie mit der Hand das Revers ihres Morgenrocks zusammenhielt, ging sie Miriam widerwillig entgegen.

»Ja, ich bin zu Hause.«

»Grippe?« fragte Miriam mit einem Blick auf den Peignoir.

Edith schüttelte den Kopf und sagte, es sei gestern abend etwas spät geworden. Sie sorgte immer dafür, daß sie angezogen war, wenn Miriam zum Putzen kam. Wenn sie keine Patienten hatte, räumte sie einen Schrank auf oder stürzte sich auf den Verwaltungskram, vergebliche Versuche, den Unterschied zwischen sich und dieser Frau zu verwischen, die alles unternehmen mußte, um zu überleben.

Als sie Miriam genauer betrachtete, begriff sie, daß es sich nicht um einen Irrtum handeln konnte. Wenn Miriam zum Arbeiten kam, trug sie eine alte Trainingshose und ein T-Shirt, jetzt hatte sie einen Rock an und eine rosa Bluse, die einst ihr gehört hatte. Eigentlich noch eine sehr schöne Bluse, modisch mit dem kleinen Karo und dem dreiviertellangen Arm und den breiten Manschetten, vielleicht hatte sie die doch zu spontan weggegeben.

Schon seit fast anderthalb Jahren arbeitete Miriam hier. Um ihr keine Probleme zu bereiten, hängte Edith es nicht an die große Glocke. Miriam lebte mit ihrer Familie in einem festen Wohnwagen auf dem Gelände des Asylbewerberheims und durfte überhaupt keine bezahlte Arbeit verrichten. Auf dem Schulhof waren sie miteinander ins Gespräch gekommen, ein mühsames Gespräch, denn Miriam hatte damals noch mit der Sprache zu kämpfen gehabt. Sie hatte haben und sein verwechselt und, als es um Haustiere ging, mit Heimweh in der Stimme erzählt, daß sie in Afghanistan ein Hund gewesen sei.

Edith schaute auf den Zettel in Miriams Hand. Es war kein Überweisungsformular und auch keine Rechnung. Miriam sah aus, als hätte sie kein Auge zugetan, nein, sie wolle keinen Kaffee und auch kein Glas Wasser. Nervös strich sie den Zettel glatt, als ob es ein wichtiges Dokument wäre, ehe sie ihn ihr schließlich überreichte: Es war ein schmales Etikett, das offensichtlich irgendwo abgerissen und schief auf die zusammengefaltete Seite eines Schreibblocks geklebt worden war.

»Du mußt mir helfen.«

Als seine Frau ihn anrief, was sie sonst selten tat, fürchtete Berend einen Moment, daß es doch etwas geben könnte, das sie ihm lieber nicht ins Gesicht sagte. Aber Edith rief nicht mit einem Vorwurf an und auch nicht, um ihm etwas zu beichten. Ihre Stimme war tiefer als gewöhnlich, und sie sprach langsamer. Das machte sie immer, wenn sie etwas von ihm wollte, das Eile hatte. Als sie ihm das Problem darlegte, hatte er das Gefühl, wieder etwas fester im Sattel zu sitzen.

Mit einer Schulter preßte er den Hörer ans Ohr, mit der anderen Hand machte er sich ein paar Notizen, um schnell überblicken zu können, was geschehen mußte. In diesem Fall schien es ihm das klügste, nicht auf dem Päckchen zu vermerken, was darin war. Er drehte sich mit seinem Schreibtischstuhl um zu der Weltkarte hinter sich. Diese Karte war das erste, was er heute morgen wieder an die frischgestrichene Wand gehängt hatte; ein roter Punkt für jede Niederlassung von Swift, die grünen Punkte waren Flugplätze. Andere Mitarbeiter hatten diese Karten nur im Computer, aber er fand so eine Karte aus Papier, auf der die Falze noch sichtbar waren, viel konkreter. Sobald irgendwo auf der Welt eine Niederlassung hinzukam, holte er einen neuen Punkt aus der Punktedose in der obersten Schublade seines Schreibtischs, klebte ihn auf die Karte und drückte ihn mit dem Daumen noch einmal fest an.

Bis Kabul dürfte es kein Problem sein. Aber danach? Der Rest der Strecke mußte auf dem Landweg zurückgelegt werden. In manchen Gebieten waren die Straßen noch gesperrt, vielleicht sogar durch Minen. Das beste wäre, einen Privatkurier einzuschalten, der das Päckchen, auf welche Weise auch immer, notfalls über Ziegenpfade, zu Miriams Tochter in Kandahar bringen würde.

»Gut, ich werde sehen, was ich für sie tun kann.« Er drehte sich wieder zurück, strich mit dem Finger über den Hintern des Elefanten vor sich auf dem Schreibtisch.

»Gibt es sonst noch was?« Ja, sagte sie, es gebe noch etwas. Verlegen gestand sie ihm, was sie bedrückte, den ganzen Vormittag schon. Es sei falsch gewesen, daß sie auseinandergegangen seien, ohne sich zu versöhnen. Er warf einen Blick durch die offenstehende Tür seines Zimmers in den Flur, ob auch niemand vorbeiliefe, und dämpfte die Stimme.

»Ich hatte es längst vergessen, aber wenn du schon davon anfängst: Du darfst mich nicht erst heiß machen und mich dann wegstoßen. Das ertrage ich nicht.«

Er hörte sie seufzen, doch ihre Antwort entging ihm. Als er verschämt aus dem Fenster schaute, bemerkte er ein Stäubchen, das in einem Streifen Sonnenlicht schwebte. Er sah sich selbst, ein Junge in einem weißen Bademantel, der auf einem Perserteppich spielte und in einen Streifen Sonnenlicht starrte, in dem Hunderte Stäubchen schwebten. Der Junge phantasierte, daß er, genau wie jenes Stäubchen, in dieser Lichtbahn aufsteigen könne, durchs Zimmer fliegen, die kristallenen Birnendropse des Kronleuchters berühren. Damals hatten ihm seine Phantasien nur Glücksgefühle verschafft, mehr Freiheit.

Laß es gut sein, dachte er, bitte. Überwinde deinen Stolz. Mach es ihr nicht so schwer. Er schluckte, schluckte wieder.

»Ich habe mich wirklich albern angestellt. Laß uns kein Drama draus machen. Man kann doch auch mal keine Lust haben.«

»Ich hatte schon Lust, aber …«

»An deiner Stelle hätte ich längst genug von mir.«

»Aber ich liebe dich, du Blödmann«, sagte Edith. Und während sie ihm versprach, daß sie das Versäumte nachholen würden – heute abend, sobald die Kinder im Bett lägen, nein, wie genau, wolle sie nicht sagen und auch nicht, was sie anziehen würde, das lange, durchsichtige Schwarze mit den geteilten dünnen Trägern oder das Enge mit den hundert Häkchen –, schweifte sein Blick über den Parkplatz zur Lagerhalle, wo Kuriere mit Paketen in allen Größen aus und ein gingen. Es war, als würden die Stricke um seinen Körper durchgeschnitten, erleichtert legte er den Hörer auf und machte sich an die Arbeit.

Mit jeder Sendung war eine Geschichte verbunden. Minutenlang konnte er die Pakete beobachten, die auf dem Fließband vorbeiglitten, in die Lastwagen hinein. Auf dem Etikett, das jeder Kurier beim Empfang eines Pakets ausfüllen mußte, standen eine Beschreibung des Inhalts, der Wert, das Gewicht, doch damit war seine Neugier noch nicht befriedigt. Denn warum schickte jemand ein Schlüsselbund in die Kocherstraße in Hinterglemm, ein paar Einlagen nach Washington, einen Cutaway, eine komplette Campingausrüstung, eine Angel, einen Koffer mit Briefen an einen Rechtsanwalt in Singapur, drei Schokoladenkuchen nach Jerusalem? Was machte den Inhalt so außergewöhnlich, unersetzlich, woher diese Eile, warum mußte es unbedingt für viel Geld binnen vierundzwanzig Stunden zugestellt werden? Für ihn war das die Romantik der Arbeit: nicht nur die Empfindung, mit der ganzen Welt in Verbindung zu stehen, sondern der Gedanke, daß jedes Paket ein Geheimnis enthielt, von dem er nur einen Hauch erhaschen konnte.

Jaap hatte den Bericht auf Carlas Schreibtisch legen wollen, um es zu vermeiden, Berend unter die Augen zu kommen und dieselbe Luft einatmen zu müssen wie sein Chef, aber die Tür von Carlas Zimmer war geschlossen.

Offenbar war sie noch immer im Gespräch mit diesem blonden Mädchen. Er hielt sich an den Kodex und klopfte nicht an, sondern ging zu Berends Zimmer, den er schon vom Flur aus an seinem Schreibtisch sitzen sah. Berend hatte seine Kartons bereits auspacken lassen, alles war wieder am alten Platz. Hinter ihm hing, außer einer Weltkarte, ein Farbfoto der Firmenleitung. Auf dem Foto standen Berend und er nebeneinander, die Arme kumpelhaft über der Schulter des anderen, erhobene Bierbüchse in der Hand. Prost, wie gut wir es doch miteinander getroffen haben! So wie Berend nun dort saß, sich auf seinem Lederstuhl hin und her drehend, hatte er nichts Bedrohliches, eher etwas von einem verträumten Kind auf einem Spielplatz. Es wäre leichter gewesen, wenn er mit Schaum vor dem Mund durchs Zimmer gelaufen wäre oder ins Telefon geschnauzt hätte. Dann hätte er noch denken können, daß Berend es heute nicht speziell auf ihn abgesehen habe, sondern auf die Welt im allgemeinen.

Bevor er das Zimmer betrat, straffte er den Rücken. Er würde den Bericht kommentarlos auf den Schreibtisch legen und machen, daß er wegkäme. Aber Berend sprang auf, als er ihn sah, und sagte: »Warte mal, was ich noch wissen wollte, wie ist es ausgegangen mit dieser Störung, mit dem Virus?«

So sachlich wie möglich, ohne allzu viele technische Details, erläuterte Jaap, wie er den feindlichen Angriff auf ihre Dateien im Keim hatte ersticken können. Es bereitete ihm Vergnügen, zu sehen, wie Berend sich wand, um seine Unkenntnis zu kaschieren.

»Schön, fein, wow, oje«, war alles, was er herausbrachte, dieser Trottel.

Jaap wollte sich schon aus dem Staub machen, aber Berend schlug seine behaarten Arme übereinander, als hätte er unendlich viel Zeit, als gäbe es kein wichtigeres Thema als das Haus in Hoofddorp. Das Haus! Das Blut stieg Jaap wieder in den Kopf. Er hatte sich alle Mühe gegeben, den Vorfall von heute morgen von sich abzuschütteln als kindisches Getue, Affentheater, wie kleine Jungen auf dem Schulhof: »So, das ist also dein neues Fahrrad, ich dachte, du wolltest ein Mountainbike.« Doch jetzt, wo Berend es von sich aus wieder aufrührte ... Wie konnte jemand so grob reagieren, selbst wenn er das Haus nicht gleich so großartig fand, die Aussicht nicht überwältigend oder den Preis unbegreiflich hoch! Auch wenn er vielleicht nie im Leben in einer Neubausiedlung würde wohnen wollen, er könnte sich zumindest in den anderen hineinversetzen. Nicht so eine saure Miene ziehen – ja, jetzt war er auf einmal ganz Ohr.

Argwöhnisch schaute er Berend an, bei der erstbesten kränkenden Bemerkung würde er ihm noch nachträglich die Fresse polieren, aber es war nichts Herablassendes mehr in Berends Ton zu spüren. Mit viel Aplomb begann Berend ihm zu gratulieren, auf seine typische Art, er rühmte ihre Entschlossenheit, nannte es ein wahrhaft besonderes Haus, stattlich. Stattlich war ein großes Kompliment aus Berends Mund, attraktive Frauen waren immer stattlich und hatten eine Menge Holz vor der Hütte.

»Ich würde mir nicht mehr den Kopf darüber zerbrechen.« Berend legte ihm den Arm um die Schultern. »Es ist doch ein Meilenstein in deinem Leben, ein neuer Anfang, euer erstes gemeinsames Heim. Das ist fast so etwas wie Heiraten. Genieß es, Mann!«

Jaap schaute weg zu dem hölzernen Elefanten, der im Sonnenlicht glänzte. »Oh, aber ... aber das tue ich doch.«

»Du darfst nicht zu weit vorausschauen. Wenn euch die Kosten zu hoch werden, verkaufst du es wieder.«

»Ja, das sagt Dédé auch andauernd, als ob das so einfach wäre, die Häuser stehen immer länger zum Verkauf.«

Enthusiastisch breitete Berend die Arme aus. »Wer würde nicht am Wasser wohnen wollen?«

Auf dem Schreibtisch klingelte das Telefon, Jaap machte ein Zeichen, daß er gehen müsse; in letzter Sekunde fiel es ihm ein: »Ach ja, was ich noch vergessen habe, Edith hat angerufen. Es sei dringend, hat sie gesagt.«

»Weiß ich.« Berend hob den Daumen und wurde so rosig wie der Hintern des Elefanten.

Obwohl Jaap nicht vorhatte, seinen Argwohn sofort aufzugeben, verließ er Berends Büro doch in einer anderen Stimmung. Mit federnden Schritten lief er in den Flur hinaus, an Carlas Zimmer vorbei, dessen Tür nun wieder halb offen stand. Er war sich nicht bewußt, wie sehr er seinerseits Carla gedemütigt hatte, vor kaum einer Dreiviertelstunde.

Irgendwann an diesem Vormittag, während des Lunchs vielleicht oder wenn er wieder im Fahrstuhl stünde, würde er sich daran erinnern. Früher oder später würde sie es ihm selbst sagen, direkt ins Gesicht, so war sie, sie machte aus ihrem Herzen keine Mördergrube, jedenfalls nicht länger als nötig. Doch auch wenn er sie jetzt angesprochen und sich bei ihr entschuldigt hätte, wäre es zu spät gewesen, denn das Unheil war bereits geschehen. Carla hatte soeben das Bewerbungsgespräch mit der jungen Frau aus Delft, deren Namen sie schon wieder vergessen hatte, beendet. Sie eilte zu einer Versammlung, bei der sie Protokoll führen mußte. Carla befand sich weiterhin im Haus, aber Elly M. war, noch blasser als sonst, in den Fahrstuhl gestiegen, der sie nach unten in die Halle brachte, wo die Glastüren, noch ehe sie sie erreicht hatte, aufglitten, um sie hinauszulassen.

Die Zeitarbeitskraft am Empfang sagte »Vorsicht, Stufe« und merkte nicht, daß ihr Gruß unbeantwortet blieb. Der Mann vom Wachdienst in seiner blauen Uniform mit Epauletten, durch die seine Schultern breiter wirken sollten, den man eingestellt hatte, um hinausgehende Arbeitnehmer stichprobenartig zu durchsuchen, damit nichts Unerlaubtes aus dem Gebäude geschmuggelt würde, schaute nicht von seiner Zeitung hoch. Und so konnte es geschehen, daß eine Frau – auf die, hätte man gewußt, welches Unheil von ihr ausgehen konnte, sofort eine Treibjagd eingesetzt hätte, um sie unter Quarantäne zu stellen – das Gelände von Swift ungehindert verließ.

II

Unterirdisch

Auf dem Weg zur U-Bahn-Station führte Elly das Bewerbungsgespräch noch einmal, doch diesmal wesentlich besser. Ein bißchen spät, Trantute, murmelte sie zwischen den schlagfertigen Antworten hindurch, die sie jetzt parat hatte. Heute morgen unter der Dusche und beim Anziehen und später im Zug von Delft nach Amsterdam hatte sie es sich noch so oft eingeschärft: Vollende deine Sätze, sprich deutlich, sag nicht immer »toll«, sondern auch mal »interessant«. Nicht »spannend«, sondern »eine einmalige Chance«, betone, daß du nicht nur französisch, deutsch und englisch sprichst, sondern auch schwedisch. Ihr hatte vor dem Gespräch gegraut, aber es war eine Spannung gewesen, die sie aufgeladen hatte. Wenn sie nervös war, wurde sie automatisch aufmerksamer, wacher, pfiffiger, *lilla snille*, nannte ihr Vater sie. Das war nicht verkehrt, eine Telefonistin durfte keinen großen Mund haben, jedoch auch keinen schüchternen Eindruck machen.

Die Warterei auf dem Flur, unter einer Uhr, die sie von ihrem Stuhl aus zwar nicht sehen konnte, aber ticken hörte, hatte sie erschöpft. Als ob das Leben langsam aus ihr weggesickert wäre. Die Aufregung war umgeschlagen in ein dumpfes, drückendes Gefühl hinter ihren Lidern, wie wenn sie weinen müsse oder schlafen, es aber nicht könne, weil sie zuviel Kaffee getrunken hatte, Automatenkaffee, den irgend so ein Schleimer ihr immer wieder vor die Nase gesetzt hatte, ehe sie nein sagen konnte.

Plötzlich erinnerte sie sich, wie sie als Kind in der Schule einmal, nachdem sie ihren Platz kurz verlassen hatte, in ihrem Rechenheft einen frischen Klecks gelbgrünen Schnodder vorgefunden hatte. Nicht aus ihrer Nase, aber von wem dann – und was sollte sie damit? Die Seite herauszureißen war nicht möglich, die Rückseite war bereits beschrieben und durchgesehen. Schnell, bevor der Lehrer es bemerkte, leckte sie den Schnodder auf. Erst als sie von ihrem Heft aufblickte, hörte sie unterdrücktes Kichern, hinter ihrem Rücken und auch in der Bank neben sich, ja, überall um sie herum wurde geschmunzelt und geflüstert.

Bei dem Gedanken an diese Erniedrigung fühlte sie sich noch elender. Sie hätte etwas darum gegeben, mit einer Flasche Wasser an den Strand gehen zu können, alles von sich abzuspülen, dieses dämliche Kostüm gegen einen Bikini zu tauschen, aber um halb zwei mußte sie wieder in der Bank sein.

Es regte sich kein Lüftchen, nicht einmal die Pappeln am Wegrand raschelten, und selbst in dem kühlen Tunnel zur U-Bahn-Station zog es nicht. Eine Zeitung lag ausgebreitet auf dem Boden, schien regelrecht am Beton festgeklebt zu sein. Als Elly in einem Bogen darum herumlief, sah sie ein großes Farbfoto von einem Wolkenkratzer, an dem eine amerikanische Flagge hing. Morgen war der 11. September, heute war Dienstag, wie damals. Die Bilder von den einstürzenden Türmen, den fliehenden Menschen, einem Mann, der mit wehendem Jackett wie ein abgeschossener Engel nach unten fiel, würden auch heute abend endlos im Fernsehen gezeigt werden.

Sollte sie wieder in Tränen ausbrechen, so würde sie diesmal nicht um diese Menschen weinen, sondern weil ihr eigenes Leben so ein Trümmerhaufen war.

Sie erinnerte sich noch genau an den Moment, als die Nachricht vom Anschlag bekanntgegeben wurde. Sie hatte gerade jemanden mit einem starken Twenter Akzent am Apparat, und danach rief niemand mehr an. Das Personal der Telefonzentrale klebte zusammen vor dem Fernseher in der Kantine, manche begannen sofort, E-Mails zu versenden. Die Theorie, daß man nur vier Händedrücke vom Präsidenten von Amerika entfernt sei, schien wieder einmal aufzugehen. Jeder kannte jemanden, der jemanden in New York kannte, der wiederum ein Bekannter von jemandem war, der in den Twin Towers arbeitete. Erst jetzt wurde ihr bewußt: Wenn man mit ein paar Händedrücken eines der Opfer erreichte, konnte die Linie zu einem Terroristen nicht viel länger sein.

Auf einer Bank auf dem Bahnsteig saß ein junger Mann, tief über eine kleine Rinne aus Alufolie gebeugt, die er über die Flamme eines Feuerzeugs hielt. Sein Gesicht war hinter dem Schirm seines Basecaps verborgen; seine Hände waren schmutzig, die Nägel hatten breite Trauerränder. Er schaute nicht auf, trotzdem zog sie sich schnell den Riemen ihrer Umhängetasche über den Kopf und stellte sich so weit von ihm entfernt wie möglich hin. Sie sah es schon vor sich: Geld, Hausschlüssel, Führerschein und Scheckkarte weg. Das fehlte gerade noch, an einem Tag wie diesem mußte man mit allem rechnen, ein Unglück kam selten allein.

Laß dir nicht anmerken, wieviel Angst du hast. Dir passiert nichts – dieser Gedanke machte sie etwas ruhiger, sie versuchte tief Luft zu holen und ihre Schultern zu entspannen. Hinter ihr ertönten Schritte, im selben Moment fuhr die Bahn Richtung Centraal Station ein. Zwei Mädchen mit schwarzen Kopftüchern, vermutlich Studentinnen der nahe gelegenen Hochschule, stiegen mit ihr zusammen in den leeren Wagen. Meistens setzte sie sich absichtlich neben verschleierte Frauen, oder ihnen gegenüber, um ihnen nur ja nicht das Gefühl zu geben, daß sie sie als Feinde betrachte. Nun blieb sie stehen und wich ihren Blicken aus. Es stank hier nach Urin, und der Fußboden klebte von festgetretenem Kaugummi. Die Wände waren mit schwarzen und roten Filzstift-*tags* vollgeschmiert, Lehnen mit einem scharfen Gegenstand zerkratzt – einem Schlüssel, einer Zirkelspitze? Der Sitz einer Bank war aufgeschlitzt; aus den Rissen im Bezug lugte der Schaumgummi hervor, als ob man in eine eiternde Wunde blickte. Zweimal am Tag nahm Elly die Metro, doch an diesen Schmutz würde sie sich nie gewöhnen.

Die Bahn fuhr ab. Elly hielt sich an einer Stange fest, angelte sich eine Gratiszeitung von einem Sitz und ließ sich fallen, auf eine tatsächlich saubere, unversehrte Bank. Sie schaute aus dem Fenster, das erste Stück der Strecke verlief oberirdisch, die Fahnenmasten von Swift wurden immer kleiner. Als sie hier ausgestiegen war, vor gerade einmal anderthalb Stunden, war sie so optimistisch gewesen. Vielleicht lag in diesem Gebäude ihre Zukunft? Sie würde hinter einem dieser großen Fenster arbeiten, unter Leuten, die sie jetzt noch nicht kannte, die sie aber öfter sehen würde als ihre Familie. Sie würde wieder irgendwo dazugehören und möglicherweise sogar neue Freunde gewinnen.

Sie war überpünktlich gewesen, um sich zu informieren, wo sie hinmüsse, »Sie laufen direkt darauf zu, Sie können es nicht verfehlen«, es schien so ein hoffnungsvoller Beginn zu sein. Doch als diese Sekretärin mit ihrer Filmstarbrille endlich aufgetaucht war, verschwand sie sofort wieder mit einer Mappe, auf der in großen Buchstaben stand: BEW. SCHREIBEN. Das konnte nur eines bedeuten: Sie hatte die Bewerbung, mit der sie, Elly, sich drei Abende abgeplagt hatte, noch nicht oder nicht richtig gelesen. In dieser Mappe steckten Dutzende andere, mindestens ebenso geeignete Kandidaten, sie war eine von vielen. Chancenlos also. Diese Carla machte einen abwesenden, um nicht zu sagen verwirrten Eindruck. Sie tat zwar so mütterlich mit ihrem dicken Bauch und ihrem Brabanter Dialekt, aber es war Augenwischerei. Schon von der ersten Frage an war klar gewesen, daß die Antwort sie überhaupt nicht interessierte.

Dachte diese Frau vielleicht, daß sie blöd war? Als erfahrener Telefonistin entging ihr selten etwas. Die meisten Frauen benutzten ihre Ohren nur, um ihr Haar nach hinten zu halten, aber sie konnte zuhören. Ihre Ohren waren ihre Werkzeuge; sie besaß das Talent, die dümmsten Fragen geduldig zu beantworten. Schon an der ersten Frage erkannte sie ihre Pappenheimer, ob jemand ein dringendes Anliegen hatte oder anrief, um zu nörgeln, ob jemand wirklich über einen fehlenden Kontoauszug von vor drei Jahren beunruhigt war oder über etwas anderes, das nichts mit Geldangelegenheiten zu tun hatte.

»Sagen Sie, Elly, warum wollen Sie hier arbeiten?«

»Nun … äh … ich stelle es mir … äh … toll vor.«

»So …«

»Ich meine: interessant, international.«

»Was sagen Sie: nichtsobanal?«

Bei der Erinnerung an diese Eröffnungssätze und den mitleidigen Blick der Frau krümmte sich Elly zusammen. Die U-Bahn hielt an und fuhr wieder ab, aber Elly schaute nicht mehr hoch. Sie sah Schuhe vorbeischlurfen; Zehen in offenen Sandalen, Zehen aller Art, lange dünne, wurstartig dicke, Zehen mit Hühneraugen, Zehen wie rosige Wangen, Zehen, die jahrelang in zu enge Schuhe gezwängt worden waren. Manchmal roch sie sie. Sie wünschte, sie würde auf der Stelle einschlafen, schlafwandelnd in den Zug nach Rotterdam umsteigen, schlafend mit der U-Bahn weiterfahren zur Arbeit, ihre Blamage vergessen. Schlafen und nie mehr wach werden.

Toll – wie kam sie nur darauf, toll, als ob nichts auf dem Spiel stünde. »Bei der Bank, wo ich jetzt arbeite, wird es Entlassungen geben. Ab 1. November stehe ich auf der Straße. Ich studiere aufmerksam die Stellenanzeigen, diese stach durch das Wort ›international‹ hervor. In alten Filmen sieht man die Telefonistin hektisch mit Kabeln und Klemmen hantieren, die sie in Öffnungen steckt, als Kind dachte ich schon: Das möchte ich später einmal werden, eine Verbindung sein, ein Kettenglied. Ja, heute geht das ein Stück einfacher, mit einem Knopfdruck, aber das Gefühl, etwas für jemanden tun zu können, der weit weg ist, in einem anderen Land, gibt mir etwas. Als ob ich eine Reise um die Welt machen würde, ohne mich fortzubewegen. Ich finde es toll, ich meine, eine Herausforderung, mich in einer fremden Sprache so gut wie möglich auszudrücken. Ich spreche übrigens auch schwedisch. Das kommt, weil mein Vater Schwede ist, jeden Sommer sind wir sechs Wochen nach Söderhamn gefahren. Auf der Website von Swift habe ich gesehen, daß Sie auch Niederlassungen in Skandinavien haben, daher habe ich gedacht: Vielleicht kann ich dieser Firma ja etwas Zusätzliches bieten.«

So etwas in der Art hätte sie sagen müssen. Energisch und doch bescheiden, offen, aber nicht zu sehr. Nicht durchblicken lassen, wie trübsinnig sie bei der Vorstellung wurde, bald arbeitslos zu Hause zu sitzen, noch dazu im Winter, wenn es früh dunkel wurde. Bei der Aussicht auf Wochen, Monate ohne festen Rhythmus, ohne Druck, brach ihr der kalte Schweiß aus. Ein bißchen aufräumen, ein bißchen Sport treiben und jeden Handgriff aufschieben, weil er ebensogut morgen getan werden konnte. Das hatte sie alles schon einmal erlebt.

Station Weesperplein. Eine kultivierte Männerstimme vom Band, auch in der Bank waren es immer häufiger Tonbänder, die dem Kunden sagten, welche Zahlen er drücken sollte, worauf eine andere Mitteilung folgte, die ihn wieder weiterverwies … Die Kunden bekamen Ohrensausen davon, aber es senkte die Personalkosten.

Eine verbeulte Bierdose rollte von einer Seite des Wagens zur anderen. In diesen langen dürren Monaten hatte sie entdeckt, daß der Unterschied zwischen ihr und den heruntergekommenen Typen in den U-Bahn-Stationen sehr klein war. Wenn sie damals keine besorgten Eltern gehabt hätte, die sie jeden Morgen anriefen, um nach ihren Plänen für den Tag zu fragen; wenn ihr genau das Quentchen Disziplin gefehlt hätte, durch das sie sich dreimal in der Woche in den Fitneßclub schleppte, um auf einem Fahrrad zu fahren, das sie nirgendwohin brachte, oder auf dem Trockenen zu rudern; wenn sie keine Nachbarin gehabt hätte, die darauf drängte, daß sie aus dem Bett kam, sich pflegte, und die ab und zu auf ein Schwätzchen vorbeischaute, wäre sie vielleicht auch abgerutscht und in der Gosse gelandet.

Es gab Arbeitslose, die einen Kurs besuchten oder studierten oder eine ehrenamtliche Tätigkeit übernahmen, wie ihre Mutter vorgeschlagen hatte, »sie brauchen dringend junge Leute wie dich«. Von wegen, so wie sie damals dran gewesen war, hätte sie niemandem etwas zu bieten gehabt. Sie klammerte sich an den Riemen ihrer Tasche, das Leder schnitt ihr in den Hals. Es war ungerecht, sie war wie geschaffen für diesen Job. Aber sie hatte es nicht zeigen können, so eingeschüchtert war sie gewesen durch diesen Blick, die Art und Weise, wie sie von Kopf bis Fuß gemustert wurde. Dieser Blick war nicht neu für sie, natürlich nicht. Sie hatte sogar einmal einen Namen dafür erfunden: der tödliche Damenblick. Von ihren Schuhen zu ihren Strümpfen, den behaarten Beinen, ziemlich dunkel für so ein blondes Mädchen. Durch die Strumpfhose wurden die Haare platt gedrückt und wirkten wie Adern, o sieh nur, ein junges Mädchen mit Beinen wie eine alte Frau. Hoch ging der Blick, blitzschnell zu ihrem Rock, ihrer Bluse, Jacke, Frisur. Dickes blondes Haar, zu einem Pferdeschwanz gebunden, nichts dagegen einzuwenden, doch was für ein Unterschied wäre es, wenn ein guter Friseur da einmal die Schere ansetzen würde.

Der Blick schien einen nicht zu sehen, nicht wirklich, nicht Auge in Auge. Was das betraf, hätte sie sich ebensogut mit einem Sack über dem Kopf bewerben können. Ansonsten registrierte der Blick alles: ihr unmodisches Schuhwerk, den Orangenfleck auf der weißen Bluse, der sorgfältig weggerieben worden war, aber in der Sonne doch wieder aufleuchtete. Der Stoff des Kostüms war von nicht allzu guter Qualität, zuviel Kunstfaser, wodurch er diesen billigen Glanz bekam, und auch ein wenig steif, es sah aus, als ob Elly ein Joch unter ihrer Jacke

Sie setzte ihren Kopfhörer auf und hegte ihren Groll im stillen. Sie nährte ihn in regelmäßigen Abständen, indem sie sich das ganze Ereignis, jedes Detail, wieder und wieder vergegenwärtigte: das Warten unter der Uhr, bis sie nur noch ein Schatten ihrer selbst war. In ihrer Erinnerung dauerte es immer länger, bis Carla auftauchte. Und als es endlich soweit war, versäumte sie, zu sagen, daß sie schwedisch sprach, als ob ihre Sprachkenntnisse etwas wären, wofür sie sich zutiefst schämen müsse, und nicht ihr größter Trumpf. Unverzeihlich dumm, aber es hatte nicht nur an ihr gelegen. Der Blick von dieser Person war wie ein Laserstrahl gewesen, ein schnoddergrünes Licht, das ihr letztes bißchen Selbstvertrauen hatte schrumpfen lassen. Damals, in der Schule, hatte sie noch denken können: wartet nur, später, wenn ich groß bin …, aber jetzt gab es kein Später mehr, bald würde sie keine Arbeit mehr haben.

Stromaufwärts

Es war vorbei mit der Ruhe, Edith durfte keine Minute mehr verlieren. Berend hatte inzwischen herausgefunden, daß das Päckchen spätestens halb drei, am liebsten noch eher, von einem Kurier abgeholt werden müsse. In Windeseile hatte sie geduscht, sich angezogen; Miriam würde hierbleiben, statt am Donnerstag würde sie heute arbeiten, so hatte sie wenigstens etwas Ablenkung.

Als Edith den Gartenweg hinunterradelte, sprang der Boiler in der Waschküche heulend an, ein Geräusch, das sie mehrfach am Tag hörte, und doch schaute sie sich beunruhigt um. Arme Miriam, sie hatte dunkle Ringe unter den Augen, und trotz der Wärme fröstelte sie. All ihre Hoffnungen ruhten auf Berend und ihr. In den anderthalb Jahren, die sie nun bei ihnen arbeitete, hatte Edith die junge Witwe ins Herz geschlossen. Nicht nur donnerstags, sondern auch an anderen Tagen tranken sie mitunter eine Tasse Tee zusammen. Dann lief Miriam in den Garten, um ein paar Minzeblättchen zu pflücken, und erzählte vom Duft der Orangenbäume in dem Tal, in dem sie geboren worden war. Edith half ihr manchmal beim Sprachunterricht, und einmal hatte sie die ganze Familie mitgenommen zu einer Poffertjesbude, ein anderes Mal zu einem Picknick am Strand. An Miriams fünfundvierzigstem Geburtstag waren sie nach Madurodam gefahren. Es war ein merkwürdiges Schauspiel gewesen, die Flüchtlingsfamilie dort herumlaufen zu sehen; sie hatten sich von ihr mit dem Binnenhof zu Füßen und neben Paleis Ten Bosch fotografieren lassen, lächelnd, als ob die Aufenthaltserlaubnis, auf die sie schon so lange warteten, plötzlich auch in Reichweite wäre.

Immer wenn sie Miriam bei etwas geholfen hatte, beim Ausfüllen eines Formulars oder beim Bezahlen einer Rechnung, revanchierte sich Miriam. Dann stand sie um die Essenszeit mit einem exotischen Gericht vor der Tür, Reis, Nudeln und Kichererbsen durcheinander, selbstgemachten Dolmas, die in Öl schwammen, oder viel zu süßen Pfannkuchen. Das wäre wirklich nicht nötig gewesen, wollte Edith beim erstenmal sagen, denn sie wußte, daß Miriam jeden Cent umdrehen mußte und ständig auf der Suche nach Läden war, wo Obst und Gemüse noch billiger waren. Doch der Blick, mit dem Miriam ihr den in ein Geschirrtuch gewickelten Topf überreichte, machte deutlich, daß es keine Widerrede gab.

Sie brauchte nicht weit zu radeln, der Hausarzt wohnte ganz in der Nähe. Sie hatte Sander schon gekannt, als er noch keine Praxis gehabt hatte und nur ein Studienfreund ihres älteren Bruders gewesen war. Weil sie selten krank war und auch den Kindern fast nie etwas fehlte, trafen sie sich häufiger auf Partys als im Sprechzimmer. Hin und wieder überwies Sander einen Patienten an sie, und sie telefonierten beruflich miteinander. Komisch, nur ein Fahrrad stand in dem Ständer neben seinem Haus; ob der Warteraum voll war, konnte sie nicht sehen, denn die Lamellen waren geschlossen. Sie fuhr sich mit den Fingern durchs Nackenhaar, das noch feucht war vom Duschen, und lockerte den Knoten auf ihrem Hinterkopf. In der Eile hatte sie vergessen, Ringe und Armbänder anzulegen, aber nicht, sich die Lippen zu schminken, in derselben Zyklamfarbe wie ihr Kleid. Auch wenn es bei der Angelegenheit, wegen der sie Sander konsultieren würde, um Leben oder Tod ging, wollte sie doch ein bißchen sexy aussehen.

Als sie zur Haustür lief und den Zettel entdeckte, der an der Scheibe klebte, dämmerte es ihr. Sie blickte hinauf zu den Fenstern im Obergeschoß. Das Sonnenlicht glitzerte auf dem weißen Putz, schützend hielt sie sich die Hand über die Augen. Überall waren die Vorhänge zugezogen. *Vom 8. bis 18. September*, las sie, *wegen Fortbildung geschlossen*. Darunter die Namen von zwei Vertretern. Eilig überlegte sie, was sie tun sollte. Der erste wohnte zu weit weg, das würde sie niemals schaffen, sie mußte also zu einem unbekannten Arzt, der zwischen acht und eins Sprechstunde hatte, und nur nach Vereinbarung.

Jetzt, vor dieser verschlossenen Tür, wurde ihr erst bewußt, daß sie sich ganz auf Sander verlassen hatte. Und auch, wie sehr sie sich auf ihn gefreut hatte. Es war keine unangenehme Aussicht gewesen, etwas mit ihm zusammen deichseln zu können. Sander hatte die ganze Mission einfach verlockender gemacht, so wie der Gang zum zigsten Elternabend erträglicher wurde, wenn man wußte, daß ein paar nette Väter dasein würden. Nun war sie gezwungen, zu einem wildfremden Arzt zu gehen, dessen Wartezimmer natürlich gerammelt voll sein würde, weil Sander nicht da war.

Während sie aufs Rad stieg, fragte sie sich, wann, bei welcher Gelegenheit, sie dem Vertreter schon einmal begegnet war. Sie erinnerte sich nicht, wie er aussah, nur an seine Stimme, hoch und schrill, und sie hatte auch keine Ahnung, wo sich seine Praxis befand. Ja, irgendwo im Blumenviertel, aber wie würde sie dorthin gelangen, ohne sich zu verfahren? Sie hatte nun einmal keinerlei Orientierungssinn, keinen Kompaß im Kopf. Vielleicht lieber erst nach Hause und auf die Karte schauen, schnell anrufen, ob sie kommen könne. »Nur nach Vereinbarung«, das stand doch nicht umsonst da. Bitte, Edith, gib jetzt nicht auf, tu's nicht. Die Medikamente müssen noch heute nachmittag mit einem Flugzeug mit. Miriam verläßt sich auf dich, Berend wartet auf Anweisungen, es darf nicht schiefgehen, alles hängt von dir ab. In dem Augenblick, wo sie mein Flehen erhörte, entdeckte sie den Stadtplan etwas weiter unten am Wegrand und, als sie näher kam, das rote Viereck in dem Wirrwarr von Straßen, den Pfeil: *Sie befinden sich hier.*

Die Praxis lag in einer Neubausiedlung, das Wartezimmer befand sich im Anbau neben dem Haus. Ein Weg aus blankgeschrubbten Platten, zwischen denen kein Grashalm sproß, führte zum Eingang. An einen der Stäbe des Fahrradständers war ein schwarz-weiß geflecktes Hündchen gebunden, es blaffte kläglich und unablässig. Hunde durften nie mit ins Wartezimmer, bei keinem Hausarzt. Jetzt erschien es ihr wie ein schlechtes Omen, ein Beweis von Unbeugsamkeit. Eine Versammlung, ja, das war es, sie kannte Nico P. von einer Tagung von Fürsorgern aus der Region; er hatte die Tagung geleitet und so eine gräßliche Behördensprache gesprochen mit Formulierungen wie »sich kurzschließen« und »unsere Strategie«. Ein förmlicher Mann, nicht jemand, bei dem sie ihren Charme ins Feld führen konnte.

Der Warteraum war überfüllt, selbst auf den wie Pilze bemalten Kinderhockern saßen Patienten. Die Uhr über dem Behandlungszimmer zeigte zehn nach zwölf an, die

Sprechstunde dauerte offiziell bis ein Uhr, würde sich aber sicher ausdehnen, und danach mußte sie auch noch zur Apotheke, die über Mittag wahrscheinlich geschlossen sein würde, und sich etwas einfallen lassen, worin sie die Medikamente verstecken könnte.

Sie schaute in die Runde, grüßte vergnügter, als sie sich fühlte. Es war den Gesichtern anzusehen, daß die meisten Patienten die Beschwerden, derentwegen sie hier saßen, im stillen memorierten, um gleich gut gewappnet zu sein. Diese Litanei von Schmerzen, Leiden, Ängsten gab vielen Gesichtern etwas Beklommenes, Verschlossenes. Nur eine Mutter mit einem hustenden Kind auf dem Schoß, das sich ständig ans Ohr faßte, versuchte ihre gute Laune zu bewahren. Sie las ihrem Sohn aus einem Goldenen Büchlein vor, *Das Zirkushündchen Pietepaf*, über einen kleinen Hund, der sich in einen aufsehenerregend großen Hund verwandelte. Edith konnte die Sätze fast mitsprechen, so oft hatte sie den Kindern diese Geschichte vorgelesen.

Sie ging weiter zur Anmeldung. Als die Sprechstundenhilfe endlich von ihrem Computerbildschirm aufblickte, nannte Edith ihren Namen. »Nein, keine Patientin vom Doktor, aber wir kennen uns, ich bin Physiotherapeutin. Wir haben gelegentlich miteinander telefoniert.« Sie lehnte sich über den Tresen und dämpfte die Stimme. »Ich muß ihn dringend etwas fragen, kann ich vielleicht schnell mal zwischendurch ... ganz schnell?«

Die Sprechstundenhilfe beugte sich über einen aufgeschlagenen Kalender.

»Morgen um Viertel nach acht, paßt Ihnen das?«

»Aber ich brauche ein Medikament, das heute noch nach Schiphol muß.«

Müde schlug die Sprechstundenhilfe die Augen auf. »Hören Sie. Wenn es ein Notfall wäre …«

»Aber das ist es!«

»Wenn Sie hier wimmernd vor Schmerzen hereingetragen worden wären, würde niemand ein Problem damit haben, Sie vorzulassen.«

Wimmern, sie hätte wimmern müssen, eine vertane Chance. In ihrer Studienzeit hatte sie nicht ganz schlecht Theater gespielt, eine sturzbetrunkene Martha in *Wer hat Angst vor Virginia Woolf* und die Hure in *Reigen*, die ihre Syphilis bis in die höchsten Kreise weitergibt. So schwer war es nicht, zusammengekrümmt hereinzuhumpeln, etwas von Krämpfen in der Bauchgegend, hohem Fieber zu murmeln. Obwohl sie sich alle Mühe gab, die Angelegenheit so ruhig wie möglich zu erklären, wurde ihre Stimme doch etwas unsicher.

»Wer ist der Hausarzt dieses Jungen?« fragte die Sprechstundenhilfe ungerührt.

»Weiß ich nicht, irgend jemand in Kandahar. Da kommt meine Bekannte her, ihr Enkel lebt noch dort.«

Die Frau machte große Augen, als ob es um einen Ort aus einem Märchen ginge, um Hogwarts oder das Große Gruseltal.

»Kandahar, Afghanistan. Dort lebt die Tochter von Miriam, meiner Bekannten, mit ihrer Familie. Verstehen Sie? Ich habe keine Zeit, hier stundenlang rumzusitzen. Ich habe versprochen, daß ich die Medikamente noch heute nachmittag abschicke.«

Die Medikamente, die Afzal dringend brauchte, waren von einem Tag auf den anderen in Afghanistan nicht mehr aufzutreiben gewesen. Nicht einmal auf dem Schwarzmarkt, aber dieses Wort sollte sie hier lieber nicht fallenlassen und auch nicht, daß Miriam schwarz als Putzfrau bei ihr arbeitete. Sie fischte das Rezept aus der Tasche ihres Kleids und legte es auf den Tresen.

»Wenn Sie schon ein Rezept haben, können Sie doch gleich in die Apotheke gehen.«

Edith unterdrückte einen Seufzer. Das hatte Miriam bereits versucht, natürlich. »Wissen Sie, sie spricht nur gebrochen Niederländisch, und das Rezept ist nicht sehr deutlich, ich werde auch nicht schlau daraus.«

Da konnte man glatt den Mut verlieren. Sie hatte nicht übel Lust, so zu tun, als ob sie kein Wort Niederländisch spräche, keine einzige Sprache, bis auf ein paar Ausrufe: Fru, Fru. Tu kottrott skutveldu, sfrort! Das Telefon klingelte, und im selben Augenblick schwang die Tür des Sprechzimmers auf. Der Arzt ließ einen Patienten hinaus und nahm die oberste Karte vom Stapel auf dem Tresen, während er den nächsten Patienten aufrief. O ja, diese Stimme, als ob er eine Radkralle um den Brustkorb hätte. Edith schoß auf ihn zu.

»Nico, kennst du mich noch?«

»Sind Sie …?« Er schaute von ihr auf die Karte und zurück.

»Nein, das bin ich«, rief eine Frau direkt hinter ihr. In ihrer Stimme klang Triumph; erstaunlich schnell schlüpfte sie mit ihrem lahmen Bein an Edith vorbei ins Sprechzimmer. Edith legte die Hand auf Nicos Arm. »Wir kennen uns von einer Versammlung und haben, glaub' ich, schon mal miteinander telefoniert wegen eines Patienten …«

Als sie spürte, wie er erstarrte, zog sie die Hand zurück. Plötzlich fiel ihr ein, wie zäh das Gespräch seinerzeit verlaufen war. Er hatte sich geweigert, die Überweisung einer seiner Patientinnen zu verlängern, weil er keine Fortschritte gesehen hatte. Die neunzigjährige Dame, um die es ging, war nach zehn Behandlungen in der Tat noch nicht in der Lage, einen Nesthang an den Ringen zu machen, aber die Entspannungsübungen taten ihr gut. Das Gespräch war eskaliert, wenn sie sich erboste, konnte sie ziemlich arrogant sein. Damals war sie stolz darauf gewesen, daß sie es gewagt hatte, ihm die Meinung zu sagen, doch jetzt hätte sie sich ohrfeigen können.

»Haben Sie einen Termin?« fragte er.

»Nein.«

»Wenn Sie an der Reihe sind, habe ich Zeit für Sie.«

Er hatte ihr schon den Rücken zugewandt und zog die Tür des Sprechzimmers hinter sich zu.

Edith schaute von der Sprechstundenhilfe zur Uhr und von der Uhr zu den wartenden Patienten. Alle Augen waren auf sie gerichtet. Ihr Blick ging in die Runde: von dem Mann mit dem Gipsbein und dem Arm in der Schlinge zu der aufgedunsenen seufzenden Frau, der Mutter mit dem Kind, der Jugendlichen, die reglos mit steif übereinandergeschlagenen Beinen vor sich hin starrte, dem schweigsamen, wie für den Kirchgang gekleideten älteren Ehepaar, das Händchen hielt, dem Mann im Zweireiher, der demonstrativ auf die Uhr schaute, dem Bauarbeiter in seinem sandigen Overall.

Es fiel ihr schon schwer, jemanden, den sie gut kannte, um eine Gefälligkeit zu bitten, geschweige denn sieben, nein, acht wildfremde Menschen, die mit Argusaugen beobachteten, ob sie sich auch ja nicht vordrängelte. Sie machten lange Ohren. Edith roch den Argwohn förmlich. Jeder saß hier für sich, aber wenn nötig, würde man eine gemeinsame Front gegen sie bilden.

Unschlüssig stand sie da – Miriams Tochter würde bestimmt eine Handvoll Pillen in Vorrat haben, auf einen Tag kam es doch sicher nicht an? –, als die Eingangstür aufging und ein junges Paar eintrat, mit einem Bündel in den Armen. Der saure Geruch von Durchfall breitete sich im Wartezimmer aus, das Baby fing an zu schreien. Ein Seufzer ging durch die Runde, die Korbstühle knackten.

Ich geb's auf, dann eben morgen, dachte Edith. Unmögliches kann man von niemandem verlangen. Miriam hätte nicht bis zum letzten Moment warten dürfen, hätte sie nicht einen Arzt im Asylbewerberheim ansprechen können oder einen Sozialarbeiter? Es wimmelt dort von Freiwilligen. Warum kommt sie immer gleich zu mir? Wenn ich alle Rechnungen, die ich für sie bezahlt habe, zusammenzähle und dann noch die Säcke mit Kleidung – wirklich, so bin ich nicht –, aber trotzdem … Warum ich? Kennt sie nach all der Zeit sonst niemanden, der mal etwas für sie tun könnte? Für sie, was sage ich, wäre es nur für sie, aber für den Sohn einer mir wildfremden Tochter, am anderen Ende der Welt. Was habe ich eigentlich damit zu schaffen?

In Panik begannen die Eltern des Babys aufeinander und auf die Sprechstundenhilfe einzureden, während sie zugleich versuchten, ihr weinendes Kind zu beruhigen. Draußen jaulte das Hündchen; die dicke Frau murmelte: »Ja, ja, Frauchen kommt«, hievte sich hoch und stellte ihre Tasche auf den Stuhl, mit einem Blick, der besagte: »Wag es ja nicht …« Auf dem Weg zur Tür rannte sie Edith beinahe über den Haufen.

Nicht zu unterdrückende Abscheu spülte über Edith hinweg. Abscheu gegen diese ungehobelte Frau, diese

Leute, die nur mit sich selbst beschäftigt waren, ich, ich, wie bedauernswert ich doch bin mit meinem Ekzem, meiner Allergie, meinen Furunkeln, meinen entzündeten Höhlen, meinen Hämorrhoiden. Weg, sie mußte raus hier, allein sein – und obwohl sie auch wußte, daß sie lieber gleich einen Termin für morgen machen sollte, floh sie zur Tür hinaus.

Sie prallte fast gegen den breiten Rücken der Hundebesitzerin. Die Frau stand über das Tier gebeugt und streichelte ihm den Kopf, während sie leise redete. Sie bemerkte Edith nicht, die direkt neben ihr den Fahrradschlüssel ins Schloß steckte, daran rüttelte, es aber nicht aufbekam. Ihre Bewegungen waren ungelenk vor Ärger und Ungeduld.

Obwohl sie sich alle Mühe gab, nicht zuzuhören, hörte sie doch, was die Frau sagte: »Wir finden eine Lösung, glaub mir, ich finde ein gutes Zuhause für dich. Bis dahin bleibst du bei mir, bei mir, ja. Ich binde dich wirklich nicht an einen Baum. Ich bitte den Doktor, daß er mir mehr Morphium gibt, dann kann ich dich bestimmt selbst ausführen, ganz bestimmt.«

So redete sie noch eine Weile weiter, während sie das Tier streichelte. Edith ließ ihren Blick kurz auf dem rotgefärbten Haar der Frau ruhen; die Kopfhaut schimmerte hindurch. Dünnes, stumpfes Haar, aus dem sie mit Lack und schleifenförmigen Spangen noch etwas zu machen versucht hatte. Beinahe hätte Edith der Frau die Hand in den Nacken gelegt, um sie sanft zu kraulen. Statt eines herrischen Wesens mit einer großen Tasche stand auf einmal ein Mensch neben ihr. Jemand, der sich kaum auf den Beinen halten konnte, der vielleicht seufzte, um nicht zu weinen, vor Schmerz oder mit dem Schmerz mit wie bei einer Wehe.

Sie hatte nicht vor, ein Gespräch anzuknüpfen, sie wollte so schnell wie möglich nach Hause – obwohl, dort wartete Miriam –, doch jetzt konnte sie nicht einfach weglaufen.

»Wie heißt er?«

»Moppie. So nenne ich sie jedenfalls. In ihren Papieren und bei der Hundesteuer heißt sie Vanessa.«

»Ich habe zufällig mitbekommen, was Sie gesagt haben, eben. Sie finden bestimmt ein Zuhause für sie, so ein liebes Tier.«

»Wenn sie ein Welpe wäre, vielleicht, aber sie ist schon sechzehn. So ein alter Hund, da haben die Leute keine Lust drauf. Ich will sie auch gar nicht loswerden, aber es muß sein, denn wo ich hingehe, dürfen keine Hunde mit.«

Ihre Haut war gelb und stach fahl ab gegen das rote Haar. Sie stand ein bißchen schief, die rechte Hand in die Seite gestützt. Nicht die kecke Geste der Verkäuferin, die sie vielleicht einmal gewesen war, sondern die Haltung von jemandem, der versucht, den Schmerz zu unterdrücken.

»Durch meine Arbeit spreche ich mit ziemlich vielen Menschen, möchten Sie, daß ich mich mal umhöre?«

»Sie meinen, ob jemand sie will, für sie sorgen will, in Zukunft?«

Sie ergriff Ediths Hand. Jetzt, da jemand anbot, ihr zu helfen, schien ihr erst bewußt zu werden, wie mißlich ihre Lage war. »Ich kann gar nicht mehr schlafen deswegen.«

»Das glaube ich gern.« Edith machte sich los. »Gibt es denn niemanden, der Vanessa haben möchte? Verwandte, Nachbarn? Sie müssen doch irgend jemanden kennen?«

Sie hoffte nur, daß der Frau entging, daß sie bereits wieder einen Rückzieher machte, das Hündchen abzuschieben versuchte auf Kinder, auf Neffen und Nichten, die die Gute vielleicht nicht einmal hatte.

»Ich habe schon vor Wochen so ein Kärtchen im Supermarkt aufgehängt, es hat noch niemand angerufen, wenn Sie also mal … Sie sind ein Engel, wirklich, ich gehe schnell rein und hole Stift und Papier.«

Edith schaute hoch in den blauen Himmel, sah mich jedoch nicht, irgendwo in Höhe der Dachrinne, sie hörte nicht, daß ich unbändig lachen mußte. Ein Engel, dachte sie, ja, manchmal schon, aber von einem Moment auf den anderen kann die Nächstenliebe umschlagen in, ja, in was – nicht in Haß, das war ein zu großes, zu dramatisches Wort –, in ein Gefühl des Widerwillens: Denkste! Erst hatte sie Miriam versprochen, ihr zu helfen, und nun versprach sie wieder alles mögliche; sobald es allerdings zu schwierig wurde, zu viel von ihr verlangt wurde, schreckte sie zurück. Es durfte doch nicht wahr sein, daß Helmi recht hatte mit ihren Unterstellungen? Daß sie sehr zufrieden war mit ihrem Leben, bis hin zur Selbstgenügsamkeit? Sie wollte nicht so eine Dame sein, die gute Werke tut, aber nur, wenn es ihr paßt und sie gerade nichts Besseres vorhat.

Die Frau kehrte mit einem Schreibblock und einem Stift zurück und hielt sie ihr unter die Nase.

»Und Sie, Kindchen? Brauchen Sie auf einmal nicht mehr zum Doktor? ›Immer ist Kurzjäckchen krank, mitten in der Woch', nur sonntags nicht‹?«

Edith verneinte und erzählte von dem Medikament für Afzal, das heute noch mit einem Flugzeug mitmüsse; wegen des vollen Wartezimmers drohe die ganze Mission zu scheitern. Ja, ja, red nur drauflos, sie hörte selbst, wie hohl es klang, schon bevor die Frau ungläubig den Kopf schüttelte und sie vor sich her, durch die Tür, ins Wartezimmer schob.

Mit der Hand der Frau auf der einen Schulter und mir auf der anderen Seite stand sie kurz darauf wieder zwischen den wartenden Patienten und sprang über ihren Schatten. Es war noch Edith, im selben Baumwollkleid, in derselben Haut, aber sie wuchs – genau wie das Hündchen Pietepaf wuchs sie in ihre Aufgabe hinein. Sie sprach, als ob sie auf einem Podium stünde. Klar formulierte sie ihr Anliegen, ohne etwas aufzubauschen. Sie machte das Problem nicht größer, Miriam nicht verzweifelter, den Enkel nicht kränker, als er war. In ruhigem Ton bat sie um Verständnis.

Einen Moment lang fragte ich mich, ob es wohl ein gutes Ende nehmen würde, ich hörte jemanden in Gedanken knurren, doch gerade noch rechtzeitig nickte der Bauarbeiter und sagte: »Nun ja, in diesem Fall, gehen Sie ruhig durch.« Die anderen schlossen sich ihm an, man war sich einig oder wurde es nach ein paar Blicken hin und her. Not kenne kein Gebot, sobald sich die Tür wieder öffnen würde, sei sie als erste an der Reihe. Ein lebhaftes Stimmengewirr entstand.

Der gute Wille blieb nicht im Warteraum hängen, sondern strömte weiter ins Sprechzimmer hinein. Nico P. taute auf, als Edith ihre Geschichte erzählte. Aufmerksam las er das Rezept, zog einen dicken Wälzer hinzu und wußte ihr nach einigem Hinundhergeblätter zu berichten, daß der gewünschte Entzündungshemmer hier nicht gängig sei; es gebe ein gleichwertiges Mittel, das er ihr aufschreiben werde. Edith wagte es kaum zu glauben: ein neues Rezept, aber auf wessen Namen? Wie konnte sie Medikamente für ein Kind abholen, das hier nicht versichert war, keine Adresse hatte? Doch Nico schrieb dem Apotheker einen Zettel, den er um das neue Rezept herumlegte. Als er den Umschlag zuklebte und sie dabei lächelnd anschaute, fand sie ihn auf einmal längst nicht mehr so häßlich. Und auch die Leute im Wartezimmer sahen anders aus, weniger grau, merkte sie, als sie, dankbar nickend, an ihnen vorbei hinauseilte. Es war, als ob jeder für einen Moment von sich selbst erlöst wäre. Etwas Feierliches, Erwartungsvolles hing in der Luft, wie in einem Tanzsaal, wo jeden Augenblick die erste Platte aufgelegt werden kann.

Ich verbinde Sie

Es war inzwischen kurz nach halb zwei, und noch vor Einbruch der Dunkelheit würde es vermutlich einen Toten geben, ein Mordopfer. Ich mußte mich bereithalten, durfte mich nicht allzusehr ablenken lassen, wie froh ich auch war, daß Edith ihr Versprechen der Frau mit dem Hündchen gegenüber einlöste. Sie bot an, Vanessa selbst zu sich zu nehmen, bis sie eine gute Adresse für das Tier gefunden hätte. Aber ich mußte weiter, wie sehr es mich auch freute, daß die Apothekerin Edith die Medikamente, ohne zu zögern, zum Selbstkostenpreis mitgab, als Geste an den Jungen in Kandahar.

Zurück zu Elly, in dem gläsernen Bankgebäude in Rotterdam. Kurz nachdem sie ihren Platz hinter dem Computer eingenommen hatte – sie rückte gerade ihren Stuhl näher an den Schreibtisch heran –, erregte ein Geräusch draußen ihre Aufmerksamkeit: Eine Möwe flog kreischend am Fenster vorbei. Es war, als ob sie ihr zusingen würde, mit lang anhaltenden melancholischen Tönen wie in einem Fado. Das Grau ihrer Flügel hatte dieselbe Farbe wie der Fluß unter ihr, der in der Sonne glänzte, und ehe Elly sich's versah, verlor sie sich in dem Anblick und in dem Lied der Möwe: Ach, was soll's, es gibt genug Menschen, die dich lieben, die dich sehen, wie du bist, die nicht mit den Augen sehen, sondern mit dem Herzen, denk nicht mehr darüber nach, nach, nach … Durch diese

Worte hindurch erklang eine Stimme, die sagte: »Du läßt dich doch nicht wie den letzten Dreck behandeln, was bilden die sich ein« – und da klammerte sie sich wieder an ihre Kränkung. Sie richtete den Blick starr auf den Bildschirm und beschloß, sich nicht mehr ablenken zu lassen.

»Guten Tag, Abteilung Kundendienst, was kann ich für Sie tun?« Es war immer viel los um diese Zeit, gleich nach der Mittagspause. Einem nach dem anderen stand sie Rede und Antwort, routiniert, kurz angebunden, fast schnippisch, aber nicht jeder wurde infiziert. Der eine war zu sehr mit anderen Dingen beschäftigt, um sich etwas aus ihrem Ton zu machen, ein anderer war zu abgestumpft, um ihre Frostigkeit zu bemerken. Ein Mann aus dem Norden des Landes dachte: Na, sag mal, das geht aber auch ein bißchen hilfsbereiter; eine Frau beschloß, nachdem sie aufgelegt hatte, zu einer anderen Bank zu wechseln. Elly hatte dem Groll noch nicht freien Lauf gelassen. Sie schonte ihre Kräfte, wartete den richtigen Moment ab, jemanden, der mit der richtigen Mischung aus Unsicherheit und Quengeligkeit seine Fragen auf sie abfeuerte, das richtige Opfer.

Da rief Arend Jan de R. an. In einem umgebauten Bauernhof im Achterhoek, in einem Weiler in der Gegend von Winterswijk, saß er an einem langen Klostertisch, der ihm als Schreibtisch diente. Von seinem Arbeitszimmer im Dachfirst hatte er eine herrliche Aussicht auf ein sanft gewelltes Maisfeld, von Eichen umsäumt. Bis vor kurzem hatte er an diesem Platz täglich stapelweise Klassenarbeiten korrigiert, jetzt erledigte er hier seinen Papierkram. Durch das offene Fenster beobachtete er ein paar Krähen, die sich auf dem frischgerodeten Feld niederließen und anfingen, in der stoppeligen Erde zu picken. Irgendwo, ganz in der Nähe, wurden Zweige oder Gartenabfälle verbrannt. Er atmete tief ein, zwinkerte mit den Augen, damit sie sich nicht mit Tränen füllten.

Unten hörte er Sonja herumlaufen – vorsichtig, Schritt für Schritt –, die Gummipuffer der Krücken wummerten auf den Holzboden. Nach einer Woche im Krankenhaus hatte sie noch vier Wochen in Sparrenheuvel verbracht, eine Autostunde entfernt, aber es war, als ob sie monatelang von zu Hause weg gewesen sei. Sie legte das zweite Streichsextett von Brahms auf, wehmütige Musik. Erriet sie seine Stimmung? Wahrscheinlich nicht, sie war noch zu sehr mit sich selbst beschäftigt, um sich in ihn hineinversetzen zu können, und im übrigen hatte Sonja immer eine Platte oder CD, die sie eine Zeitlang wieder und wieder abspielte, und in diesem Sommer, schon den ganzen Sommer, war es Brahms.

Er hatte nicht gewußt, daß er so schlecht ohne sie auskam. Gleich beim Aufwachen hatte er ihr Gesicht vermißt, die Wärme ihres Körpers, ihren Bauch an seinem Rücken. Allein zu frühstücken war noch gegangen, weil er da abgelenkt war durch Zeitung und Nachrichten. Aber das Mittagessen und das Abendbrot waren ein Graus gewesen. Obwohl sie ihre Abwesenheit gründlich vorbereitet und genügend Mahlzeiten eingefroren hatte, die er nur in die Mikrowelle zu stellen brauchte, hatte er meistens keinen Bissen herunterbekommen. Zum erstenmal hatte er einen Hauch davon verspürt, wie das Leben ohne sie sein würde.

Einen Hauch, mehr nicht, denn jetzt hatte er sie noch besuchen können, nachmittags zwischen zwei und vier, doch wenn auch das nicht mehr möglich wäre – was dann? Was sollte dann aus ihm werden? Als er noch unterrichtete, hatte er seine Kollegen gehabt, von denen einige im Laufe der Jahre auch so etwas wie Freunde geworden waren. Heute mußte er, wollte er sie sehen, ein Treffen mit ihnen vereinbaren, auf das er, wenn es soweit war, vielleicht längst keine Lust mehr hatte. Ein neues Schuljahr hatte begonnen, allerdings nicht für ihn. »Komm bald mal auf einen Kaffee vorbei«, hatte ein Kollege gesagt, aber doch nur aus Höflichkeit. Die Pausen im Lehrerzimmer waren dazu da, etwas zu essen, zu tratschen und Liegengebliebenes aufzuarbeiten. Neue, junge Lehrkräfte liefen in der Schule umher, die ihn nicht kannten, von den zweihundert Schülern der Orientierungsstufe ganz zu schweigen, nein, er hatte dort nichts mehr zu suchen.

Jetzt erst wurde ihm bewußt, wie sehr Sonja ihr gesellschaftliches Leben verwaltete, sie war diejenige, die gemeinsame Essen mit den Kindern verabredete, Kinokarten bestellte und anstrich, welche Ausstellungen sie unbedingt sehen mußten. Während ihrer Abwesenheit hatte er ergeben abgewartet, was passieren würde und ob sich jemand melden würde, um ihm Gesellschaft zu leisten. Als seine Nachbarn, anderthalb Kilometer entfernt, eines Sonntagabends endlich gefragt hatten, ob er eine Kleinigkeit mit ihnen essen wolle, war er so froh gewesen, wieder einmal unter Menschen zu sein, daß er während der ganzen Mahlzeit gierig geredet hatte. Erst im nachhinein war ihm klargeworden, was für einen weltfremden Eindruck er gemacht haben mußte. Er schämte sich für diesen egozentrischen Idioten mit seinem unaufhaltsamen Wortschwall.

Der Gedanke, daß Sonja als erste sterben könnte, daß er sie überleben würde, allein zurückbleiben – er konnte es sich nicht vorstellen, er wollte es nicht. Dieser Wunsch hatte sich zu einer Überzeugung ausgewachsen. Er würde ganz sicher zuerst sterben, so würde es laufen, und darum mußte er beizeiten seine Angelegenheiten ordnen. Testamentarisch brauchte nichts geändert zu werden, aber es gab ein paar finanzielle Details, die er anders regeln wollte.

Vor ihm lag die Mappe mit den Kontoauszügen, auf der auch die Telefonnummer der Bank stand. Eine Stimme aus der Konserve sagte ihm, daß er für Fragen zu einem Kontoauszug die 1 drücken solle, für Informationen über Geldanlagen die 2, der Rest entging ihm. Er hatte keine Ahnung, unter welche Rubrik seine Frage fiel. Er legte auf, wählte die Nummer aufs neue, hörte das Band noch einmal ab und gab dann die Ziffer für »Sonstiges« ein. Alle Leitungen waren besetzt, und ... ah, da war sie schon, die unvermeidliche Musik.

Arend trommelte mit den Fingern auf den leeren Schreibtisch. Die Sonne schien nun direkt herein, und er wollte den Sonnenschutz herunterlassen, aber er wagte nicht aufzustehen. Obwohl er sich allmählich nach einem Schluck Wasser oder einem Glas Buttermilch sehnte, rührte er sich nicht von der Stelle, denn er wußte, was passieren würde, wenn er seinen Posten verließe: dann würde sich endlich jemand melden, der ihn nicht würde rufen hören und auflegte, ehe er den Apparat wieder erreichte. Dann müßte er die Nummer nochmals wählen, sich nochmals den ganzen Spruch anhören, nochmals ... Es wurde Zeit, daß sie sich auch oben ein schnurloses Telefon anschafften.

Nach dreizehn Minuten ertönte endlich eine Stimme, wahrhaftig live, eine Frauenstimme. Erleichtert legte er los und nannte die Kontonummer, die er vor sich hatte. Doch als er erklären wollte, worum es ging, war es, als ob er gegen eine Wand reden würde. »Nein, es tut mir leid, so kann ich Ihnen nicht helfen.« Um die gewünschten Änderungen vorzunehmen, müsse er auch die vier Kontonummern seiner Enkelkinder durchgeben. Natürlich hatte er die irgendwo, aber wofür brauchte sie die, er war schließlich der Hauptkontoinhaber, der Stammhalter all dieser Konten, er hatte sie seinerzeit eröffnet, und er erhielt die Auszüge.

»Das können Sie ganz leicht nachschauen«, sprach er geduldig. Jedes Jahr am ersten Januar überweise er auf alle vier Konten einen festen Betrag. Mit fünfundfünfzig sei er zum erstenmal Großvater geworden. Sein ältester Enkelsohn werde im Dezember zehn, schon seit fast zehn Jahren zahle er ein, bei ebendieser Bank. Ein paar simple Handgriffe, ein Blick auf den Bildschirm, und sie könne sich überzeugen, wo die Beträge hingingen. Er hebe nie Geld von diesen Konten ab, er vermehre es nur, sagte er, und er dachte: So wie ich mich mit Sonja vermehrt habe. Drei Kinder sind daraus hervorgegangen, die ihrerseits auch wieder für Nachkommen gesorgt haben. Das Ausfüllen eines Überweisungsformulars verschaffte ihm zwar vielleicht nicht denselben Genuß wie der Liebesakt, ganz ohne Emotion geschah es nicht. Das Geld ging an die Kinder seiner Kinder, sein eigenes Fleisch und Blut, und das gab ihm ein erhebendes, fruchtbares, erzväterliches Gefühl.

Warum tat diese Person so verdammt kompliziert, während er die Dinge vereinfachen wollte? Für Sonja, wenn sie eines Tages allein dastünde. »Was genau ist das Problem?« Er fragte es freundlich, ohne die Stimme zu heben, so leicht ließ er sich nicht auf die Palme bringen. Die Bankangestellte blieb unerbittlich. Nummern benötige sie und Namen, Anfangsbuchstaben der Vornamen und Geburtsdaten. Er schnappte nach Luft, für die Kontoauszüge mußte er nur zu einem Archivschrank gehen, aber für die Geburtsdaten brauchte er Sonja, die mit ihren Krücken unmöglich die Treppe hinaufkonnte. »Bleiben Sie einen Moment am Apparat, dann schaue ich schnell nach«, sagte er und sprang auf, während er nach einem Stift griff.

»Es warten noch mehr Kunden, ich denke, es ist besser, wenn Sie in aller Ruhe nachschauen und uns dann später zurückrufen.«

»Nein, das ist nicht besser!«

Der herablassende Ton, in dem sie sagte »in aller Ruhe«, als ob er ein seniler, alter Mann wäre, den das Heraussuchen von ein paar Kontoauszügen unendlich viel Zeit kostete, brachte sein Blut zum Wallen.

»Ich habe fast eine Viertelstunde gewartet und mir euer blödes Gedudel angehört. Und jetzt, wo ich endlich dran bin, werde ich wieder abgewimmelt!«

»Wir wimmeln Sie nicht ab. Es ist nur zu Ihrem Besten, zu Ihrem Schutz. Wir müssen in so einem Fall immer ein paar Angaben überprüfen. Da könnte ja jeder anrufen und lauter Änderungen durchgeben.«

Es war etwas Leierndes, Triezendes in ihrem Ton, das ihn rasend machte. Sie war nicht unverschämt, o nein, ganz und gar nicht, aber es schien ihr Vergnügen zu bereiten, mit diesen Vorschriften zu fuchteln: Ich mache nur meine Arbeit, ich habe die Regeln nicht erfunden … Er sah sie vor sich, groß, dunkel, mit einem Damenbart, schwabbligen Armen und Achseln, in denen schwarze Haarbüschel wucherten. Nein, so eine Frau hatte keinen Körper, kein Gesicht, nur einen bösen Mund mit dünnen Lippen. »Es tut mir leid, versuchen Sie es später noch einmal.« Ein Klicken, und weg war sie.

Als er auflegte, zitterten seine Hände. Was meinte sie mit: versuchen? Was stand ihm noch bevor, wollte sie dann wieder andere Angaben haben, Adressen, Postleitzahlen, Sozialversicherungsnummern? Wenn er zurückrufen und um Erklärung bitten würde, bekäme er zweifellos jemand anderen an den Apparat, der »leider« nicht feststellen könne, mit wem er soeben gesprochen hatte. Unten an der Treppe machte sich Sonja zu schaffen, jedesmal, wenn sie sich auf die Krücken stützte, gab es ein leises Klicken. Sie rief hinauf, ob er Appetit auf ein Brot habe und ob es geklappt habe. Noch ehe er die erste Frage beantworten konnte, hatte sie die zweite schon gestellt, wie sie auch die ärgerliche Angewohnheit hatte, merkte er jetzt, da sie vorübergehend etwas abhängiger von ihm war, mehrere widersprüchliche Aufträge in einen Satz zu packen: Er solle auf dem Boden den Wasserdruck des Heizungskessels kontrollieren, aus dem Kellerregal eine Dose Erbsen mitbringen und, wenn er sowieso in Winterswijk zu tun habe, den Ersatzreifen abholen.

»Nein!« schrie er zurück.

»Was, nein? Kein Brot oder nicht geklappt?«

Er würgte sie in der Luft. Sie würde ihre Frage so lange wiederholen, bis er antwortete. Wenn er hier noch weiter herumflennte, würde sie die steile, offene Treppe heraufhumpeln, besorgt, daß etwas mit ihm nicht in Ordnung sei.

»Ich komme gleich, Liebes …«

Er mußte versuchen, sich jetzt erst einmal von ihr fernzuhalten, denn die Gefahr war groß, daß er sie gehörig anfahren würde. Im Vorbeigehen womöglich ihre Krücke umstoßen würde, so daß sie das Gleichgewicht verlöre und er diese Scheißdinger endlich aus dem Fenster werfen könnte, fiep, fiep, du lieber Gott, was für ein ärgerliches Geräusch. Es war ihre Schuld! Wenn sie in den letzten Jahren ein bißchen Interesse für Bankangelegenheiten gezeigt und auch selbst mal einen Überweisungsauftrag ausgefüllt hätte, wäre dieses Telefonat gar nicht nötig gewesen. Dann hätte er ruhigen Herzens sterben können, ohne die Angst, daß sie beim Anblick all dieser verschiedenen Kontonummern in Panik geraten würde.

»Gut, nimm dir selbst was, ich leg' mich kurz hin. In dem chinesischen Schälchen sind Brombeeren, unter der Folie... Hörst du?«

»Ja, Brombeeren unter der Folie, ich habe es gehört. Herrlich. Ich komme gleich.«

Er wartete, bis sie weggegangen war, auf die Terrasse, wo sie es sich auf dem Rattanliegestuhl bequem machte. Von seinem Fenster aus sah er ihre Beine unter dem Sonnenschirm hervorragen; sie zog ihre weite Leinenhose ein Stück hoch. Er war verrückt nach ihrem Körper, noch immer; nichts davon zu sehen, daß sie solche Probleme mit den Gelenken hatte. Sonja streckte ihren schmächtigen Arm nach einem Transistorradio aus und suchte den Nachrichtensender, dann nahm sie ein rundes Töpfchen, das unter dem Liegestuhl stand. Weil ihre Haut durch die Operation dünner und trockener geworden war, rieb sie sich die Beine ständig mit Kakaobutter ein. Würde sie jetzt sterben, so würde er diesen Geruch für alle Zeiten mit ihr assoziieren.

Er biß sich auf die Unterlippe. Er durfte seinen Frust nicht an ihr abreagieren, sie hatte es schon schwer genug. Er mußte hier weg, ins Ostbad, ein paar Bahnen ziehen. »Sich die Galle herausschwimmen«, nannte Sonja das. Danach würde er es wieder ertragen können, würde er langmütig seine Pflichten wiederaufnehmen und, ehe sie ihn darum bat, den Sonnenschirm verrücken, den Geschirrspüler ausräumen, ihr die Waden massieren. Es ging gerade noch, soeben hatte die Kirchturmuhr von Meddo zwei geschlagen. Bis drei Uhr war Erwachsenenschwimmen, danach kamen die Kinder, Jungen, die auf einen draufsprangen, und Mädchen, die so gellend kreischten, daß man fast taub davon wurde.

Wenn man eine Diagonale von Meddo durch Winterswijk zieht, kommt man in Kotten heraus. Dort rollte ein dreißigjähriger Mann namens Gerrit seine Unterhose in ein mit tropischen Fischen bedrucktes Handtuch. Er hatte Nachtdienst gehabt und war erst vor einer halben Stunde aufgewacht, hatte noch nicht einmal gefrühstückt, nur eine Tasse Pulverkaffee getrunken. Schnell schlüpfte er in seine Jacke, griff sich im Vorbeigehen einen Apfel und eine Banane von der Schale und steckte sich das Obst in die Taschen. Nach dem Schwimmen würde er direkt weiterfahren zur Arbeit, zu PNM, Pflege Nach Maß, um zum zigsten Mal in diesem Monat den Dienst eines Kollegen zu übernehmen.

Er gähnte, vor Widerwillen vor allem, weil er so blöd gewesen war: Es schlauchte, nach einem Nachtdienst sofort wieder arbeiten zu müssen, aber er wagte nicht, nein zu sagen, wenn ihn jemand um etwas bat. Er versuchte, nicht daran zu denken, an all die alten Leutchen nachher, daran, nochmals acht Stunden geduldig sein zu müssen, hilfsbereit und freundlich. Zuerst ins Schwimmbad, sich ein bißchen auf dem Rücken treiben, die müden Schultern von einem Wasserstrahl massieren lassen. Den meisten Menschen war dieser Strahl zu hart, aber für ihn hatte es etwas Erregendes, als ob ihn die starken Hände von jemandem berührten, den er nie zu sehen bekommen würde.

Als er zu seinem Auto ging, merkte er, wie warm es war, feucht wie in einer Sauna. Er schwankte einen Moment, ob er nicht lieber zum Hilgelomeer fahren sollte. Dort gab es ausgedehnte Wiesen, wo man im Schatten hoher Birken ruhen konnte. Vor kurzem hatte er den See wiederentdeckt. Als Jugendlicher hatte er ihn zu kalt gefunden, besonders im Frühling, und im Schilfgürtel hatten immer Frösche gesessen. Erst später, als es ihm gelungen war, seine Mädchenangst vor glitschigen Algen und Gallert zu überwinden, war er an Sommertagen immer wieder dorthin gezogen. Stundenlang hatte er auf dem Bauch gelegen und gedöst, durch die Wimpern nach den Jungen gestarrt, die von den Pontons sprangen, aufgeschreckt durch ihr Lachen. Dann hatte er sich vorgestellt, er sei einer von ihnen. Er zögerte. Es war warm genug, um im Freien zu schwimmen, und der erdige Geruch des Wassers war viel angenehmer als die Chlordämpfe im Ostbad. Aber in dem See gab es keinen Massagestrahl, und er konnte es sich heute auch nicht leisten, im Gras zu liegen und zu träumen.

Wenn Gerrit gewußt hätte, was ihn im Ostbad erwartete, wäre er dann trotzdem hingefahren? Er konnte es nicht wissen, denn was Arend tat, stand nicht fest, es war nicht vorbestimmt; Gerrit wurde keine Falle gestellt. Solcher Schliche bedienen wir uns nicht. Arend Jan de R. hätte sich beherrschen oder auf die andere Seite des Schwimmbads wechseln oder wieder gehen können, weil es so voll war. Jede Menge Möglichkeiten, aber er stellte sich taub und blind für meine Vorschläge.

Kurz nacheinander kamen die beiden Männer im Ostbad an. Arend war schon auf dem Weg zu den Umkleidekabinen, als Gerrit das Gebäude betrat und sich eine Eintrittskarte kaufte. Er machte seinen Rückstand dadurch wett, daß er sich schneller umzog, denn er hatte schon beim Aufstehen beschlossen, schwimmen zu gehen, und sich gleich seine Badehose übergestreift. Gleichzeitig verließen die Männer die Kabinen und hängten den Bügel mit den Sachen an den Ständer. Als Gerrits Blick auf Arends Füße fiel, sagte er: »O ja« – er durfte seine Badelatschen nicht vergessen; ehe man sich's versah, holte man sich hier Warzen oder Fußpilz. Einen Moment lang standen sie halbnackt brüderlich nebeneinander unter der Dusche und wechselten automatisch einen Gruß, wobei Gerrits Augen rasch über den Körper von Arend glitten, der eifrig dabei war, die violetten Saftflecken, die eine Handvoll Brombeeren auf seinen Fingern hinterlassen hatte, wegzureiben.

Gerrit war ihm hier schon öfter begegnet, und jedesmal hatte er dasselbe gedacht: gutaussehender, gepflegter Mann, nicht muskulös, aber kein Gramm Fett zuviel an der Taille, so wollte er auch alt werden. Nach dem Schwimmen stand der Engländer, wie Gerrit ihn in Gedanken nannte, weil er einmal aufgeschnappt hatte, daß der Mann Englischlehrer war, immer minutenlang am Beckenrand und kämmte sich das bißchen Haar, das er noch hatte. Danach machte er ein paar Dehn- und Streckübungen, wobei es ihm nicht entgehen konnte, daß die Leute ihn bewundernd beobachteten. Gerrit hatte manchmal versucht, die Blicke des Engländers auf sich zu ziehen, aber dieser nahm ihn nie wahr, jedenfalls nicht so, wie Gerrit von ihm wahrgenommen werden wollte. Es war ein Mann, der alle gleich höflich grüßte, den Bademeister, die Frauen unter der Dusche, ja, die jungen Frauen vor allem, bevor er unbeirrbar eine feste Zahl von Bahnen schwamm. Gerrit schaute ihm nach: Wie selbstsicher er zum Rand des tiefen Beckens lief, sich konzentrierte und dann anmutig ins Wasser sprang.

Arend fing immer ganz gemächlich an. Er war bestrebt, das Tempo gleichmäßig aufzubauen; auf der ersten Bahn tat er nicht viel mehr, als seine steifen Glieder so weit wie möglich auszustrecken. Es dauerte ein paar Minuten, bis er einen Zug hatte, der nicht zu schnell und nicht zu langsam war für seine Atmung. Ein Zug, bei dem er genau wußte, wie lange er sich treiben lassen konnte, bevor er die Arme wieder ausbreitete und die Beine anzog.

Wenn er den richtigen Rhythmus einmal gefunden hatte, bereitete ihm das Schwimmen großes Wohlbehagen, vergleichbar dem, was er beim Sex empfand oder wenn er langsam ein Glas roten Portwein trank. Wie beim Sex und beim Trinken fühlte er sich hinterher leichter als zuvor, mild, befriedigt. Er genoß das Geräusch aufspritzenden Wassers, den Moment, da Wangen, Lider, Stirn das Wasser berührten. Wenn er sich vorstellte, daß jemand ihn von einer Tribüne aus beobachtete, daß all seine Bewegungen schön, elegant, aber doch kraftvoll aussehen mußten, wurden seine Züge immer fließender, und er flog immer schneller durch das Becken.

Er kam gerade in Fahrt, als auf seiner Bahn zwei Frauen auftauchten. Zuerst schwammen sie nebeneinanderher, weit genug vor ihm, um ihn nicht zu behindern. Wenn er es ruhig anginge, bräuchte er sie nicht einmal zu überholen. Aber plötzlich hielten sie an und richteten sich mitten im Wasser auf – genau auf seiner Bahn – mit dem Rücken zu ihm. Und auch wenn sie ihn gesehen hätten, wären sie nicht ausgewichen, so sehr waren sie in ihr Gespräch vertieft.

Auf beiden Seiten des Schwimmbeckens befanden sich Sitzgelegenheiten mit Plastikpalmen. Gegenüber war der Whirlpool, wo man herumhängen konnte, solange man wollte. Doch sie mußten sich ausgerechnet hier, auf seiner Bahn, unterhalten! Und worüber? Über Operationen zweifellos. Über weite Reisen, die mit Operationen gemein hatten, daß alles mögliche schiefgehen konnte, worüber es sich im Schwimmbad prima klagen ließ. Zieht Leine! Selbst wenn wieder irgendwo eine Bombe in einem Schulbus explodiert war, vernahm man links und rechts dieses öde Gejammer. Als ob all diese Leute auf ihrer eigenen kleinen Insel lebten und absolut keine Ahnung hätten, was im Rest der Welt geschah. Als ob es keine größere Katastrophe gäbe als einen defekten Trockner. Marken, die nicht mehr gültig waren. Die Versicherung, die nicht bezahlte. Schwirrt ab!

»Hallo, meine Damen«, rief er freundlich, aber er dachte: Hätte ich nur ein Maschinengewehr dabei.

»Nein, da hatte ich doch gerade das mit dem Knie«, hörte er die eine Frau sagen.

Na bitte, alle redeten nur noch über Krankheiten. Wenn er sich im Fernsehen eine Sportsendung anschauen wollte, um sich an Männern und Frauen in ihren besten Jahren zu weiden, ging es selbst dort um Verletzungen, ein Riß im »Hamstring« – schon allein das Wort. Als ob der Mensch nur ein Klumpen Fleisch wäre und nicht auch einen Geist hätte, über Willenskraft verfügte, mit der er sich Schmerzen wegdenken konnte. Oh, wie gesund er sich fühlte, und wie er dieses Gekränkel haßte!

»Hallo, meine Damen, Bahn frei!« rief er wieder.

Verärgert blickten sich die Frauen um, aber er war bereits ausgewichen, sonst hätte er von vorn anfangen können mit dem Atmen, Zählen, Tempo machen. Die rechte Bahn war beileibe nicht seine bevorzugte, wegen dieses unsinnigen Dings da in der Mitte, so ein Mund, der ununterbrochen Wasser spieh, es glich hier immer mehr einem Vergnügungspark. Wich er etwas von seinem Kurs ab, dann prasselte dieser Wasserfall auf ihn nieder, so hart, daß er nach Luft schnappte. Wenn jemand unter dem Strahl stand, war der Durchgang eigentlich zu eng. Und, jawohl, da war jemand, dieser schlaffe Knilch mit dem armseligen Schnurrbart, hielt mal die linke Schulter unter den Strahl, mal die rechte. Ab und an beugte er sich vor, um sich den Rücken massieren zu lassen, wobei sein dicker Hintern gefährlich weit herausragte. So wie er da stand, nichts und niemanden um sich herum wahrnehmend, wirklich, er forderte es doch geradezu heraus!

»Vorsicht«, rief Arend so laut, als ob er zu einer lärmenden Klasse spräche, aber das Tosen des Wassers übertönte ihn und mischte sich mit dem Stimmengewirr. Ohne nach hinten zu schauen, machte der junge Mann einen Schritt zurück, gerade als Arend ihn passierte. Der hätte Arme und Beine einziehen können, um sich wie ein Aal vorbeizuschlängeln, ein Trick, den er öfter anwandte. Doch nun spannte er seine Muskeln an, er wurde ein einziges Kraftpaket, trat mit den Beinen aus, fühlte, wie sein linker Fuß die schlabberige Hüfte des Burschen traf – spannte sich noch einmal besonders an und bohrte seine Ferse tief, tiefer in das weiche Fleisch.

»Au!«

Den Schmerz, der Gerrit durchzuckte, kann ich nicht mehr spüren, schon seit Tausenden von Jahren nicht mehr, nicht einmal als Phantomschmerz. Und trotzdem erschrak ich. Das klatschende Geräusch einer flachen Hand auf einer Kinderwange, ein harter Tritt, ein gut gezielter Klecks Spucke – ich werde mich nie daran gewöhnen, daß Menschen einander absichtlich weh tun. Ich hatte eine Empfindung, die ich früher, als ich noch einen Körper hatte, Übelkeit genannt hätte, aber ich habe keinen Magen mehr, der sich umdrehen könnte. Als sich Gerrit an die Seite griff, wurde mir klar, daß ich die Hoffnung auf ein gutes Ende aufgeben mußte. Denn diese Chance war nun sehr gering geworden, da der Stachel in Gerrits Fleisch gedrungen war – ausgerechnet bei Gerrit S., der alles in sich hineinfraß.

Stromaufwärts (2)

Im selben Augenblick schnitt Edith mit einem Stanley-Messer den Bauch eines Kaninchens auf. Sie hatte das Plüschtier vor fünfunddreißig Jahren zu ihrer Geburt bekommen. Sie konnte sich natürlich nicht mehr daran erinnern und auch nicht daran, wie weiß es damals gewesen war, wie rosa die Innenseite seiner Ohren, wie flauschig sein Schwanz. Fahlbeige war er nun, ihr Co, und kahl an den Stellen, wo er jahraus, jahrein geküßt worden war. Rund um seine Ohren hatte er Nähte in verschiedenen Farben, Narben von Streitereien, weil ihre Schwester immer wieder versucht hatte, ihn ihr wegzunehmen. Die Operation, der Co nun unterzogen wurde – ein Wettlauf mit der Zeit, der Kurier war bereits unterwegs –, würde wahrscheinlich seine letzte sein.

Als Edith das Kaninchen unter dem Bett ihrer Tochter hervorgeangelt hatte, hatte sie schlucken müssen, aber der Zeitdruck machte sie kaltblütig. Für einen Fremden war es ein alter Lumpen, nicht wert, gestohlen zu werden. Wenn sie Co in eine verfilzte Puppendecke wickelte, zusammen mit ein paar Söckchen oder einem Lätzchen, würde es aussehen, als handele es sich um Babysachen, die versehentlich vergessen worden waren. Während Miriam die Bauchdecke aufhielt, zupfte Edith die kapokartige Füllung aus dem Kaninchen. Co hatte jahrelang bei ihr im Bett geschlafen. Als sie aufs Gymnasium ging, war er auf ein Bord über dem Bett gewandert und schließlich auf dem Spitzboden in einem Korb mit alten Spielsachen gelandet, aus dem sie ihn, als sie sich ein eigenes Zimmer nahm, wieder ausgegraben hatte. Seitdem war er stets mit umgezogen, und als die Kinder geboren wurden, bekamen sie jeder ein eigenes Tier – einen Igel und einen Affen –, aber auch Co lag immer irgendwo in einem der Kinderzimmer herum. Er gehörte einfach dazu.

Nachdem sie die Medikamente aus der Verpackung genommen und zusammen mit dem Beipackzettel in das Kaninchen gestopft hatte, das nun buchstäblich mit Tabletten vollgepumpt war, nähte Miriam das Tier wieder zu, mit winzigen Stichen, damit selbst der mißtrauischste Beamte nichts merken würde. »Wir sind ganz schön raffiniert, was?« sagte Edith, als Miriam den Faden durchbiß. »Echt, James Bond ist nichts dagegen«, um sofort zu realisieren, daß Miriam dieser Name wahrscheinlich nichts sagte. Doch Miriam nickte und antwortete: »Du, 007. Ich, 008.«

Wie würden die Kinder reagieren, fragten sie sich. Kinder wollen schließlich nie, daß sich etwas ändert; verschlissene Kleidung, zerfledderte Comic-Hefte, zu kurze Skier, kaputtes Spielzeug – alles mußte immer aufgehoben werden, aber wo, darüber machten sie sich keine Gedanken. Mama, nein, nicht Co! Wie konntest du das nur tun, hättest du nichts anderes nehmen können? Sie hatte wenig Auswahl gehabt, alles, was sie durch ihre Hände hatte gehen lassen, war zu neu, zu glänzend. Selbst die Kartons mit alten Kindersachen, die Miriam nach Afghanistan schickte, wurden geplündert. Der einzige Grund, warum sie noch damit weitermachte, war, daß die Diebe, um nicht erwischt zu werden, nie den vollständigen Inhalt eines Pakets mitnahmen, so daß wenigstens etwas am Ziel ankam.

Es klingelte, und Vanessa begann ohrenbetäubend schrill zu bellen. Edith zog Co aus Miriams Händen und gab ihm einen letzten Kuß auf die Nase. Wenn die Kinder sehr sentimental würden, dann würde sie ihnen erzählen, warum Co geopfert worden war. Genau wie den erkälteten Bauarbeiter, den Geschäftsmann, den Arzt und die Apothekerin würde es sie mit Stolz erfüllen. Sie würden am eigenen Leibe erfahren, wie es ist, über sich hinauszuwachsen. Und wenn sie es noch immer nicht verstünden, würde sie sich selbst zum Exempel nehmen: Wir müssen alle manchmal etwas tun, worauf wir keine Lust haben. Der Hund, zum Beispiel, ich wollte auch keinen Hund. Nein, ich finde sie überhaupt nicht furchtbar lieb. Als sie hier hereinkam, hat sie als erstes auf den neuen Teppich gepinkelt. Wenn die Kinder sie nur nicht erpreßten und einen Tausch vorschlügen: Jetzt, wo Co weg ist, dürfen wir Vanessa doch bestimmt behalten, Mama? Ach bitte, sie wedelt mit dem Schwanz, sie erkennt uns schon.

Der junge Mann hatte verschiedene Größen von Kartons dabei und suchte einen aus, in den Co genau hineinpaßte. Als er das Frachtetikett ausfüllte, fragte er, was er schreiben solle: »Spielzeug/toy?«

»Used pets«, sagte Edith.

Lächelnd füllte der Mann den Schein aus, aber das bemerkte Edith nicht. Sie wußte nicht, daß die Geschichte von dem Päckchen nach Kandahar bei Swift von Mund zu Mund ging und immer dramatischer und bildhafter wurde. Der Enkel von Miriam wohnte längst nicht mehr in einem Haus aus Ziegelsteinen, sondern in einem Zelt in einer unwirtlichen Gegend. Er war der Sohn eines Kameltreibers und einer Teppichknüpferin und gehörte einem Nomadenstamm an, der in völliger Abgeschiedenheit lebte. Über sieben Ecken kannte er jemanden in Driebergen, der wiederum ein Bekannter der Frau des Chefs war.

Der Kurier war entzückt über diesen Auftrag. Er verstand nicht immer so ganz, warum er in einem orangefarbenen Auto durch das Land sauste, aber heute war ihm seine Rolle vollkommen klar. Wenn er seiner Freundin am Abend erzählen würde, daß er in aller Eile ein Päckchen für den Sohn eines Kameltreibers zum Flughafen hatte bringen müssen, würde auch sie begreifen, daß er Teil eines größeren Zusammenhangs war. Daß er einem höheren Ziel diente als dem Anstreben der geplanten Umsatzzahlen und dem Erzielen von Gewinn für Swift.

Nun kam es zwar öfter vor, daß sich alle Mitarbeiter, von oben bis unten, wie ein Mann bis zum äußersten anstrengten, um einen Auftrag zu erledigen, aber heute war noch etwas anderes im Gange. Berend war sofort zu Jaap geeilt mit der Bitte, Kontakt mit einem Kurier in Kabul aufzunehmen. Immer wieder hatten sie beieinander vorbeigeschaut, um zu beraten, was die schnellste Route sei, über Teheran oder über Lahore. Über Paris oder über London, wohin ging zuerst ein Flug, und welcher hatte den besten Anschluß? So diente das Päckchen für Afzal dazu, den schwierigen Beginn des Tages auszulöschen.

Und dieser Wunsch, sich miteinander zu versöhnen, breitete sich schnell aus, vervielfältigte sich: In der E-Mail, in der Jaap mitteilte, daß ihr Mann in Kabul sich bereithalte, und Carla bat, Edith anzurufen, um zu fragen, wann der Kurier das Päckchen abholen könne, entschuldigte er sich in einem PS bei seiner Sekretärin. Carla las die Nachricht und dachte: endlich Gerechtigkeit, und trotzdem merkte sie, daß sie nicht so froh war, wie sie hätte sein müssen. Irgend etwas bedrückte sie, sie wußte nur nicht, was. Während sie in der Kantine eine Kiwi schälte, fiel ihr Blick auf die nackten Beine einer Kollegin, und auf einmal erinnerte sie sich an das Vorstellungsgespräch. Oder besser gesagt, ihr wurde klar, wie wenig sie sich daran erinnerte. Ablehnen hatte sie auf die Bewerbung geschrieben, in großen Buchstaben, aber aus welchem Grund? Wenn sie gleich auf dem Parkplatz über diese Bewerberin stolpern würde, würde sie sie nicht einmal erkennen. Vielleicht sollte sie sie heute nachmittag doch noch einmal zurückrufen. Ihr eine zweite Chance geben.

Ihr Vorsatz kam zu spät, jedenfalls zu spät für Gerrit. Er krümmte sich zusammen und watete an den Rand, um sich von dem Schreck zu erholen. Langsam ließ der Schmerz nach. »Sorry«, rief der Mann ihm von weitem zu. Du kannst mich mal, du alter Fatzke, dachte Gerrit, ist das alles, »sorry«? Eine ganze Weile stand er da, bis zur Hüfte im Wasser. Es schien ihm heute viel kälter als sonst, und er fand es eigentlich auch eine ziemlich unappetitliche Vorstellung, daß all diese Leute im selben Becken herumplanschten. Doch er harrte aus, die Haut seiner Hände und Füße wurde schon weiß und schwammig, meistens war das der Moment zu gehen, nun blieb er und wartete ab.

Jedesmal, wenn der Engländer an ihm vorbeikam, versuchte Gerrit, dessen Blicke auf sich zu ziehen, aber der Herr schwamm ruhig weiter und tat, als ob er es nicht merkte. Unglaublich. Normalerweise grüßte er alle höflich, stets ließ er Frauen und Männern, die älter waren als er, beim Duschen den Vortritt, und jetzt, wo er wirklich einmal Grund hatte, sich zu bemühen, blieb es bei einem »Sorry«.

Gerrit kletterte die Treppe hoch. Vorsichtig, es tat immer noch ein bißchen weh, vor allem, wenn er draufdrückte ... Als er sein Handtuch aufhob und sich umdrehte, um zur Dusche zu gehen, war der Mann gerade am Ende einer Bahn und hielt an, um zu verschnaufen. Seine Mundwinkel hingen in einem mißmutigen Bogen herunter. Ihre Blicke kreuzten sich, ganz flüchtig, und da dämmerte es Gerrit, blitzschnell wurde der Zweifel zu Argwohn. Nein, er bildete es sich nicht ein: Der Engländer wich seinem Blick aus, schaute schnell weg, scheu, ja. Warum, warum machte er das?

Beim Abtrocknen in der viel zu kleinen Kabine wurde er immer wütender. Warum ich, dachte er, warum haben sie es immer auf mich abgesehen? Als er sich auch noch den Zeh stieß, wäre er fast aus der Haut gefahren. Eine halbe Stunde Entspannung, ist das zuviel verlangt? Habe ich vielleicht kein Recht darauf nach so einem schweren Nachtdienst? Ich rackere mich für alle ab, und was bekomme ich dafür zurück? Er würde sich beim Bademeister beschweren oder beim Fräulein hinter der Kasse oder, noch besser, gleich bei der Direktion. Aber wie sollte er beweisen, daß es kein Mißgeschick gewesen war? Er würde sich lächerlich machen, niemand würde glauben, daß so ein anständiger Kerl zu etwas Derartigem in der Lage sei. Nein, ihm blieb nichts anderes übrig, als es ihm mit gleicher Münze heimzuzahlen. Sich dieses arrogante Arschloch das nächste Mal gehörig vorzuknöpfen. Ihm beim Schmetterlingsschwimmen einen Stoß zu versetzen, ein blaues Auge zu verpassen und dann im Vorbeigehen zu sagen: »Oh, sorry. Ich habe Sie nicht gesehen.«

III

Der Traum des Gärtners

Aus großer Höhe gleicht der Waldweg einem Fluß, der Pick-up einem Motorboot. Das Dröhnen des Motors dringt bis weit über die Baumwipfel hinaus. Von weitem kann ich nicht sehen, ob sich der Wagen stromaufwärts oder stromabwärts bewegt. Der junge Mann, der sein Auto auf dem verlassenen Waldweg anhält, kurz hinter dem Steinbruch, hat nichts Böses im Sinn. Tycho heißt er. Sein Handy liegt neben ihm auf dem Sitz, und er nimmt es, um seine letzte Kundin für heute anzurufen. Ob es in Ordnung sei, wenn er etwas eher komme; er sei jetzt auf dem Weg in die Stadt und würde danach direkt zu ihr fahren.

Fransjes Nummer stand hinten in seinem Kalender, und den hatte er diesmal zum Glück, dank eines Filzstiftkreuzes auf seiner Hand, auch eingesteckt. Wirklich, das Leben gelang ihm immer besser, nach und nach bekam er das Chaos in den Griff. Seit ein paar Wochen hatte er einen Tisch mit einer Schublade, extra für den Papierkram, es ging nichts mehr verloren. Er mußte den Kalender ins Licht halten, um die Nummer lesen zu können, denn die ganze Seite war schmuddelig. Alles, was er anfaßte, wurde schmuddelig, seine Nägel waren immer schwarz von der Erde, in der er den ganzen Tag wühlte, Totengräberhände, sagte seine Stiefmutter, aber die hatte auch ständig etwas zu stänkern.

Sein Handy war tot. Keine Panik, so dicht an der deutschen Grenze hatte er öfter keinen Empfang. Aber nun erschien auf dem Display eine SMS: Seine Nummer sei gesperrt. Wie war das möglich, er hatte die Rechnung doch gerade bezahlt? Mit einem Überweisungsformular sogar – o nein, das war letzten Monat gewesen, die Zeit verging so schnell –, vor ein paar Wochen hatte er einen Brief bekommen: Sie würden in Zukunft nicht mehr automatisch abbuchen, sondern eine Rechnung schicken. Auch gut, hatte er damals gedacht, ist genauso übersichtlich. Diese Rechnung hatte er wirklich bezahlt, ganz gewiß, denn er war noch bei seiner Oma gewesen, um sich Geld zu borgen.

Er errötete. Plötzlich fiel ihm ein, daß er am Sonntag in einem Anfall von Aufräumwut einen Stapel Post, der ihm von seiner vorigen Vermieterin nachgeschickt worden war, ungeöffnet weggeschmissen hatte. Da war die Rechnung natürlich dabeigewesen. Nun ja, dann eben nicht anrufen, mit Fransje – wie er sie nennen durfte, »Sie«, aber Fransje – gab es eigentlich nie Probleme. Wären nur alle Kunden wie sie, sie ließ ihm freie Hand in ihrem Garten, ihrem Paradies, wie sie es bezeichnete. Sie schätzte es, daß er auch mal etwas anderes in die Rabatten setzte als diese ewigen Studentenblumen, von ihr aus durfte er ruhig drei Farben Dahlien durcheinander pflanzen.

Pfeifend fuhr er weiter, den Steengroeveweg entlang in Richtung Winterswijk. Ein gesperrtes Telefon würde ihm nicht die Laune verderben. Er war an diesem Morgen in der festen Überzeugung aufgewacht, daß dies sein Tag sei und sein Tag bleiben würde. Heute war es soweit. Dies war der Tag, von dem er so lange geträumt hatte. Sobald er mit der Arbeit fertig wäre, würde er eine Probefahrt machen, auf der Yamaha XT 500, 81 auf den Markt gebracht, mit einem Aluminiumtank und goldenen Felgen. Er hatte Fotos davon gesehen, war auf der Motorradmesse darum herumgeschlichen, doch nun würde er sie auch wirklich spüren: Wie sie auf das Drehen des Gasgriffs reagierte, das Dröhnen des Motors, wie sie in der Kurve lag. Zwei Jahre lang war monatlich ein fester Betrag von seinem Gehalt direkt auf ein separates Konto umgeleitet worden, Geld, an das er nicht herankam. Nächste Woche – an seinem einundzwanzigsten Geburtstag – würde diese angesparte Summe von seinem Vater aufgefüllt werden, und die Yamaha würde ihm gehören. Er hatte seinen Motorradführerschein beim ersten Anlauf geschafft. Und dann, nach monatelanger Suche, war er in der *Via Via* auf eine Anzeige gestoßen: umständehalber zu verkaufen. Der Besitzer mußte die Yamaha offenbar loswerden, denn er gab sie für fünfhundert Euro weg. Das war geschenkt, echt, das sagte jeder, der etwas davon verstand. Aber bevor er ein Stück damit fahren durfte, wollte der Besitzer eine Kaution haben, in bar. Tycho fuhr über die Ratumsestraat in die Stadt, zum Markt, dort konnte er in der Nähe eines Geldautomaten parken. Er durfte nicht zu lange wegbleiben, denn seine Geräte, sein ganzes Betriebskapital, lagen griffbereit auf der Pritsche. Sein Vater würde stolz auf ihn sein: Es gelang ihm immer besser vorauszudenken.

In der Aufregung tippte er seine Geheimnummer zweimal falsch ein. Erst als er die Eselsbrücke aufsagte, ertönten die richtigen Zahlen in seinem Kopf, wie ein vertrauter Kinderreim. Er schaute sich um, ob jemand hinter ihm stehe – und ich erschrak, ich erschrecke dann immer, für einen Moment, weil es mir das Gefühl gibt, sichtbar zu sein –, aber es stand niemand hinter uns. Feierlich drückte Tycho die Tasten, die geheime Formel, die den Stein wegrollen würde, Sesam, öffne dich.

Es war nicht nur das Motorrad, das auf ihn wartete. Wenn er dieses Motorrad besaß, konnte er seinem Mädchen über den Weg laufen, vorher nicht, an dieser Reihenfolge war nicht zu rütteln. Wäre er ihr letztes Jahr oder letzten Monat begegnet, hätte die Gefahr bestanden, daß er sich irrte, daß es kein Motorradmädchen war, und das würde nichts werden. Seine zukünftige Frau mußte es ertragen, daß er neben ihr noch eine große Liebe hatte, mit der er Stunden verbrachte, um den Chrom zu polieren, die Kette zu ölen, die Ventile einzustellen.

Abends, bevor er einschlief, sah er sie vor sich, sie trug einen schwarzledernen, mit weißen Biesen abgesetzten Overall mit lauter Reißverschlüssen. Er wußte genau, wie es klang – ssaf, ssaf –, wenn er den Anzug öffnete; halblanges rötliches Haar hatte sie, das sich unter dem Helm hervorkringelte. Sie hatte die Arme um seine Taille gelegt, er spürte die Wärme ihrer Haut durch das Leder hindurch, und wenn er nach unten schaute, sah er ihre verschlungenen Finger auf seinem Bauch. In einer anderen Vision fuhr sie neben ihm auf ihrem eigenen Motorrad eine gewundene Landstraße in Südlimburg entlang, von wo aus es direkt weiterging nach Belgien, anschließend durch ganz Frankreich bis hinter die Pyrenäen. Sein Traum hatte sogar einen Geruch: der Staub eines langen, trockenen Sommers, ausgedehnte Lavendelfelder und Benzin. Sie hatten fast nichts bei sich, so wenig Sachen wie möglich – das war die wahre Freiheit. Schlafsack, einmal Kleidung zum Wechseln, Werkzeug, ein Petroleumkocher. Wo es schön war, stiegen sie ab, und wenn sie genug hatten, fuhren sie schnell wieder weiter. Nicht dieses Theater mit Jugendherbergen, Reservierungen, Campingausweisen. Von der Straße abbiegen, einen Pfad entlang in den Wald hinein, und dann außer Sichtweite an einem Fluß ein Feuerchen machen, ein paar Fische rösten, schwimmen, sich unter freiem Himmel lieben.

Der Bildschirm des Geldautomaten leuchtete rot auf, und im selben Moment verschwand die Karte. AUS SICHERHEITSGRÜNDEN WIRD IHRE KARTE EINGEZOGEN, SETZEN SIE SICH MIT IHRER BANK IN VERBINDUNG. Ungläubig starrte er auf die Mitteilung, während ihm lauter Summen durch den Kopf schossen: Neulich hatte er noch einhundertfünfundsiebzig Euro auf dem Konto gehabt, er hatte sich diesen Monat nur ein T-Shirt gekauft, am Samstag etwas Geld abgehoben, um auszugehen; und er durfte doch dreihundert Euro überziehen!? Blitzschnell rechnete er aus, was in den letzten Wochen abgebucht worden sein konnte, wo er mit Karte gezahlt hatte und wieviel. Ihn schwindelte. Wie konnte das nur passieren, ausgerechnet heute? Pa hatte ihm ein Notizbuch geschenkt, in dem er aufzeichnen sollte, wofür er sein Geld ausgab, er hatte es keine Woche durchgehalten. War auch nicht mehr nötig, er hatte es momentan gut im Griff. Jetzt mußte er sich doch wieder Geld borgen, aber von wem, von wem, um Himmels willen?

Der Traum von Fransje V.

Die Frau, von der sich Tycho das Geld leihen könnte, schlief zu diesem Zeitpunkt noch. Wie zerbrechlich sie wirkte in ihrem schmalen, keuschen Bett. Meine Federn begannen zu zittern, meine Flügel rauschten. Die Ältesten, die Wehrlosen, die trifft das Böse oft am härtesten. Aber vorläufig wurde sie nur von einem Schwarm Schmeißfliegen bedrängt, im Traum. Mit Armen und Beinen versuchte sie, diese zu verjagen. Als das nicht gelang, ergriff sie die Flucht, zum Haus hinaus, durch den Garten, über die hintere Pforte auf die Weiden, doch die Fliegen verfolgten sie, summten um sie herum und krochen ihr über Ohren und Nasenlöcher in den Kopf. Darauf stieg sie, angezogen, wie sie war, in ihrem schönsten Kleid, dem anemonenblauen, das nur gereinigt werden durfte, in die rostige Badewanne, die auf der Weide stand, wo sie einst als Tränke für das Vieh gedient hatte. Einen Augenblick dachte sie daran, daß der Leiter von Pflege Nach Maß gesagt hatte, daß sie nie und nimmer ohne Begleitung in die Wanne dürfe. Was für ein Unsinn, wie stellte sich so jemand denn begleitetes Baden vor? Das Schöne an einem Bad war ja gerade, daß man in Gedanken forttreiben konnte. Die Leute von PNM würden sicher böse sein, wenn sie sie nachher fänden, ertrunken in einer alten Badewanne. Und wenn sie den durchgekreuzten Waschtrog sehen würden, auf dem Pflegekennzeichen ihres Kleids, würden sie den Kopf schütteln über soviel Dummheit. Paß auf, nicht wegrutschen! Versuch, dich hinzusetzen. Aber ihre Hände glitten immer ab, als ob die Wanne mit Kuhfladen eingeschmiert wäre. Und weg war sie wieder, mit dem Kopf unter Wasser, sich sträubend, um Hilfe schreiend. Mit einer kräftigen Beinbewegung verjagte sie eine Fliege, der es doch noch gelungen war, auf ihrer großen Zehe zu landen, ein Ruck ging durch ihren Köper – und da erwachte sie.

Ihr Herz raste, das Blut sauste ihr in den Ohren, aber das war ihr egal, so erleichtert war sie, daß es nur ein Traum gewesen war, nicht wirklich geschehen ... Es gibt mich noch, flüsterte sie, ich danke Dir, Gott, ich danke Dir, daß ich einfach im Bett liege und nicht auf einer Schicht modernder Blätter in der Wanne. Das Kleid klebte an ihrem Rücken, und sie drehte sich auf die Seite. Mit angezogenen Knien blieb sie liegen, um zu Atem zu kommen und damit sich ihre Augen an das Licht gewöhnen konnten, das, gefiltert durch die Markise über dem Fenster, das Zimmer in eine orangefarbene Glut tauchte. Die Gardinen hingen reglos herunter, es war völlig windstill; durch die offenen Fenster hörte sie das friedliche Dröhnen eines Traktors in der Ferne. Schwindlig war ihr, aber das hatte sie öfter beim Aufwachen, das ging von selbst wieder vorüber.

Die Tage nehmen, wie sie kommen, früher hätte sie vielleicht gesagt: das Leben nehmen, wie es kommt, aber das war Großsprecherei, mit einem einzelnen Tag hatte sie schon genug zu tun. Heute morgen hatte sie noch gedacht: Was für ein herrlicher Septembertag ist das, und jetzt lag sie da, um sich von dem schlimmsten Traum seit Jahren zu erholen. Sie ließ ihre Augen über die weißgetünchten Wände gleiten. Eine Zelle, sagten ihre Verwandten, und das war es auch, hier wohnte und schlief sie, mehr Platz brauchte der Mensch nicht.

Am Fenster standen ein quadratischer Holztisch, an dem sie aß, las und Briefe schrieb, und zwei Stühle mit gedrechselten Knöpfen; in der Ecke ein Regal, das nur die Bücher enthielt, zu denen sie immer wieder griff. An der rechten Wand ein schmaler Schrank für ihre Kleider – auch so wenig wie möglich –, ein paar Stücke für den Winter, etwas Luftiges für den Sommer und etwas Dezentes für Beerdigungen. Links ein kleiner Küchenblock, ohne überflüssige Geräte, an den sich der Flur zum weißgefliesten Bad anschloß. Dieser Anbau war ihr einziger Luxus, bis auf das Kleid, das sie gerade in ihrem Traum verdorben hatte – ach komm, Frans, tu nicht so scheinheilig: und dieser Mantel letzten Winter, als du dachtest, daß der Betrag auf dem Preisschild in Gulden statt in Euro ausgewiesen sei, und der Gärtner viermal im Jahr?

Ansonsten war sie bestrebt, schlicht zu leben; sie hatte keinen Fernseher, keinen Computer, nur ein Radio. Und sie gab auch so wenig Geld wie möglich aus. Was sie übrigbehielt, verschenkte sie an Menschen, die es dringender benötigten als sie. »Du lebst wie eine Einsiedlerin«, sagten ihre Geschwister, doch das war übertrieben. Wenn sie mit jemandem reden wollte, brauchte sie nur zum Telefon zu greifen. Höchstens einmal in der Woche tat sie das, aber jeden Tag rief ihre Schwester sie an, das schon, um ihr eigenes Gewissen zu beruhigen. Und trotzdem hatten sie nicht ganz unrecht: Sie wollte wie eine Nonne leben, ohne allzu viel Ablenkung. Die Stille erzählte ihr alles, was sie wissen wollte.

In einem Heft notierte sie, für wen sie beten wollte

und warum; dadurch war sie nicht isoliert, sondern stand gerade mitten in der Welt. Wenn sie jemanden traf, dem sie seit Jahren nicht begegnet war, empfand sie nicht das Bedauern über eine unüberbrückbare Kluft, weder zeitlich noch gefühlsmäßig, denn sie hatte dieses Gesicht beim Beten vor sich gesehen. Nicht nur für jene, die ihr lieb waren, betete sie, auch für Menschen, die sie lediglich von Fotos aus der Zeitung kannte, nicht einmal deren Namen, bloß die Initialen; für Mörder mit einem Balken vor den Augen, für Vergewaltiger, für Terroristen. Und für den langen Bärtigen, der sich als den Kopf hinter den jüngsten Anschlägen bezeichnete – wie hieß der doch gleich? –, für den betete sie ebenfalls, wenn auch nur ganz kurz.

Die Tage nehmen, wie sie kommen, tat sie das wirklich? Die Tage vielleicht, aber den Tod? Tagaus, tagein übte sie sich darin, keine Angst zu haben, keine Forderungen zu stellen, in welcher Form der Verfall eintreten solle, kein Feilschen unter dem Motto: lieber taub als blind, lieber etwas am Magen als an der Leber. Aber so ein entsetzlicher Tod wie eben, in diesem Traum ... Sie richtete sich auf, schlug die Hände um ihre Ellenbogen, hielt sich ganz fest. Merkwürdig, in diesem Traum hatte sie nicht gebetet, sie hatte es vergessen oder, nein, nicht einmal vergessen, alles mögliche war ihr durch den Kopf geschossen, doch kein Wort von den Gebeten, die sie seit ihrer Kindheit aufgesagt, gedacht, gemurmelt hatte. Dein Wille geschehe ..., als ob es eine Sprache wäre, die sie nie gesprochen hatte, ihr Gedächtnis ein schwarzes Loch, nichts ... Wie schrecklich. Wenn ihre Zeit gekommen wäre und sie sich nicht mehr an die Worte zu erinnern vermochte, dann könnte sie ihr doch jemand soufflieren?

Aber angenommen, sie wäre in diesem Moment allein, was dann?

Sie schwang die Beine über den Rand des Bettes und sprach sich in Gedanken streng zu: Es ist noch nicht soweit, mir fehlt nichts. Es ist halb vier, Zeit für einen Spaziergang. Sie griff in die Tasche ihres Sommerkleids, stand aber nicht auf. Reglos saß sie auf der Bettkante, ihre Hand umklammerte ein Stück Zucker für die Pferde. Hörte sie da nun doch einen Schwarm Fliegen, oder war es ein Moped, oder ein Elektromobil von einem der Bewohner von Hof Leeverdink? Nein, dieses Fahrzeug war viel schneller, an der Einfahrt zum Anwesen bremste es kaum ab. Der Kies spritzte auf, die Gänse auf dem Hof begannen alle gleichzeitig durcheinanderzuschnattern.

Es kann passieren, dem muß ich ins Auge sehen. So ein Ende wie in diesem Traum, nichts als Panik und Gezappel, von wegen friedlich und mit einem Lächeln auf den Lippen. Es ist möglich … Sie schaute auf das Kreuz an der Wand neben dem Bett und dachte: Und es geht noch viel schlimmer. Es ist nicht wahr, daß ein Mensch stirbt, wie er gelebt hat, und daß, wer sich ergibt, auch automatisch ruhig davonsegelt. Es ist keine Belohnung für ein gutes Leben, vielleicht bekomme ich ja den Tod eines anderen.

Sie streckte den Rücken, überrascht von dieser Einsicht, von der ihr im selben Moment schon bewußt war, daß sie nicht von ihr stammte: Womöglich sterbe ich den Tod eines Obdachlosen unter einer Brücke und er meinen, ergeben, als ob er im Bett läge, unter einem kühlen, sauberen Laken. Wie leicht das doch ist, denkt er dann, während er seinen letzten Atem aushaucht. Vielleicht ist der Tod wie ein Mantel, und ich stehe bald in einer schummrigen Garderobe und ergreife tastend einen zerlumpten Mantel, und jemand anderes meinen, den gefütterten, der so locker fällt, kuschelig warm ist und nicht zu schwer.

Mit ein paar Schritten war sie am Bücherregal. Wo hatte sie das gelesen, wer hatte das geschrieben, damit sie es eines Tages lesen könne, darüber hinweg lesend zunächst, weil sie es noch nicht verstand, um sich später – jetzt –, wo sie es brauchte, daran zu erinnern, so deutlich, als ob die Worte an der Wand geschrieben stünden.

Bei Leeverdink wurde geläutet, wenn die hohen Schiebefenster an der Vorderseite des Pflegeheims offenstanden, hörte sie das Schrillen der altmodischen Zugklingel im Entree widerhallen. Diese Klingel erinnerte sie daran, daß sie heute nachmittag überhaupt nicht spazierengehen konnte, sie hatte einen Termin, mehrere sogar, für ihre Verhältnisse hatte sie ein volles Programm. Gleich würde jemand von PNM kommen, G. I. hatte sie in ihren Kalender geschrieben, aber sie hatte vergessen, wofür das stand; um vier Uhr kam Tycho zum Jäten. Und gegen halb sechs erwartete sie ihre Großnichte, die ihr ihren neuen Freund vorstellen wollte, durchaus eine Ehre, denn sie, die unverheiratete Großtante, bekam ihn als erste von der Familie zu sehen.

Sie schwappte sich ein paar Handvoll kaltes Wasser ins Gesicht, legte eine saubere Decke auf den Gartentisch, stellte Gläser bereit und einen Becher für Tycho, denn der trank, ungeachtet der Tageszeit, schwarzen Kaffee mit viel Zucker. Sie hatte gerade angefangen, etwas Holundersirup in einer Kanne mit Wasser zu verdünnen, als sie auf dem Weg zur Haustür Schritte vernahm. Die Klingel funktionierte schon seit Jahren nicht mehr, die Tür stand immer offen, und die wenigen Leute, die hier regelmäßig zu Besuch kamen, wußten das. Die gingen gleich durch oder um das Haus herum in den Garten, wenn sie dort beschäftigt war. Sie hörte den Briefkasten klappern, aber es fiel nichts auf die Matte; es klopfte, jemand räusperte sich, doch als sie rief: »Kommen Sie nur herein«, geschah nichts.

Gerrit war nach dem Schwimmbad zuerst zu seiner Arbeitsstelle gefahren, um seinen Verbandskoffer zu holen. Obwohl er sich miserabel fühlte, hatte er sich nicht krank gemeldet. Pflichtbewußt, wie er war, hielt er sein Versprechen und übernahm den Dienst eines Kollegen. Er wollte keinen Sand ins Getriebe von PNM streuen, denn wenn etwas schiefginge, bekäme er natürlich wieder die Schuld.

Armer Gerrit, bekümmert hatte ich ihn gehen sehen, aber jetzt, vor Fransjes Tür, wurde ich neugierig auf die Fortsetzung. Ängstlich und gespannt zugleich: Würde seine Rachsucht von ihr abprallen? In Millionen Stückchen zerspringen und mit seinem schnaubenden Atem über die sanft gewellten Äcker dieser lieblichen Landschaft verstreut werden? Fransje hatte so etwas Einnehmendes, Entwaffnendes. Das konnte seine Wirkung doch nicht verfehlen? Gönnen wir ihm den Vorteil der Ungewißheit, vielleicht gelingt es ihm, oder ihr, das Böse zu etwas Gutem umzuschmieden.

Gerrit fühlte sich heute nirgends willkommen, die Welt war ein unwirtlicher Ort, überall lauerte der Feind. Er zog es vor, zu warten, bis er eingelassen würde. Bei alten Menschen mußte man sich in acht nehmen. Von einem

Tag auf den anderen konnten sie mißtrauisch werden und einen beschuldigen, daß man sie bestehlen wolle oder daß man wisse, wo der Schlüssel ihres geheimen Geldfachs liege. Wenn die Tür hier immer offenstand, wollte er das lieber nicht wissen.

Die schmächtige, gebeugte Frau, die ihm kurz darauf mit einer Kanne Limonade in der Hand öffnete, lächelte über das ganze Gesicht. Die sah nicht so aus, als ob sie jemals jemanden zu unrecht beschuldigen würde. Sie trug ein blaues Sommerkleid mit weißen Streifen, das ebenso zerknittert war wie ihre gegerbte Haut. Das Blau war genau die Farbe ihrer Augen.

»Sie müssen von PNM sein«, sagte sie, »ich habe Sie schon erwartet.«

»Ich habe mich verfahren, aber das lag nicht an mir. Man hatte mir gesagt, daß Sie ein Appartement auf Hof Leeverdink bewohnen.«

»Es ist dieselbe Adresse, das hier ist die alte Knechtwohnung, seit kurzem habe ich eine eigene Hausnummer.«

»Na, das werde ich dann schnell mal im Computer ändern. Angenommen, Sie fallen hin und jemand muß kommen, da kann so ein Umweg fatal sein. Nun ja, daran denkt so ein Mädchen von der Verwaltung natürlich nicht.«

Während sie vor ihm herlief, erzählte sie, daß dies ihr Geburtshaus sei. Vor dreißig Jahren sei sie hierher zurückgekehrt, um ihre Mutter zu pflegen. Ihr Vater habe als Bauernknecht auf Leeverdink gearbeitet, vor langer Zeit, bevor das Anwesen zum Pflegeheim umgebaut worden sei. »Anfangs verdiente er noch nicht einmal zwölf Gulden in der Woche. Und das mit fünf Kindern, können Sie sich das vorstellen? Wenn sie ihn im Haus brauchten, und sei es spät in der Nacht, klingelten sie einfach, und dann rannte mein Vater hin. Heute wird diese Glocke nur noch benutzt, um Alarm zu schlagen.«

Er fragte nichts, aber sie redete ruhig weiter.

»Als in das große Haus Appartements kamen, wollten sie das hier dazuhaben, als Pförtnerwohnung. Alles mögliche haben sie mir angeboten, um mich wegzukriegen, aber ich bleibe lieber hier.«

Schön, dachte er, daß ein Mensch mit so wenig zufrieden sein kann. Doch er konnte es nicht lassen, sich verächtlich umzuschauen, auf den gebeizten Holzfußboden, die Stühle, deren Geflecht dringend erneuert werden mußte, die Granitspüle, die sich so gesenkt hatte, daß einer der Küchenschränke darunter nicht mehr schloß. Überhaupt stand der ganze Laden ziemlich schief, genau wie die Frau selbst. Sie stand so schief, als würde sie sich auf einen Stock stützen. »Es sind aber sehr hübsche Appartements, wunderbar ausgestattet mit Alarmknöpfen und einem Lift und einer großen Terrasse mit Blick auf die Weiden. Echt klasse.«

Sie führte ihn auf eine gepflasterte Terrasse, die grün vom Moos war und wo, unter einer orangefarbenen Markise, ein paar Gartenmöbel standen. »Ja, ich weiß«, sagte sie und wies auf einen Stuhl, »wenn ich meinen täglichen Spaziergang mache, sehe ich die Bewohner unter den weißen Sonnenschirmen Tee trinken, und dann winken wir einander immer zu. Aber ich wohne doch lieber für mich.«

Sie bot ihm ein Glas Limonade an; als sie sich endlich setzte, schaute sie ihn verlegen an und sagte: »Ich muß zugeben ... ich habe keine Ahnung, weshalb Sie hier sind. In meinem Kalender stand G. I., heißen Sie so?«

Er erklärte ihr, daß er einen Kollegen vertrete und daß er ihr die jährliche Grippeschutzimpfung geben wolle. Während er seine Tasche auf seinen Schoß stellte, merkte er, daß sie ihn noch immer erstaunt betrachtete, als ob sie senil wäre und dieselbe Frage jeden Moment noch einmal stellen könnte.

»Meistens bekomme ich die Spritze doch erst Anfang Oktober? Wenn der Monat ein O hat, so merke ich mir das.«

»Auf Ihrer Karte steht, daß Sie dann im Urlaub sind.«

Sie schüttelte den Kopf. »Ich fahre nie in den Urlaub.«

»Ja, es steht wirklich da, ich denke mir doch nicht einfach was aus. Wenn Sie Ihre Pläne geändert haben, hätten Sie PNM informieren müssen. Dann hätte ich heute nicht extra vorbeizukommen brauchen.«

»Nicht? Ach ... jetzt verstehe ich. Ende September fahre ich für zwei Wochen in ein Kloster, das ist auch eine Art Urlaub.«

Er konnte nicht verbergen, wie sehr ihr Geschwätz ihm auf die Nerven ging. Fahrig schenkte sie ihm noch einmal nach, alle Eiswürfel plumpsten in sein Glas; einen nach dem anderen fischte sie wieder heraus und warf ihn zurück in die Karaffe. Alte Vettel, hatte sich vielleicht nicht einmal richtig die Hände gewaschen, nachdem sie sich den Hintern abgewischt hatte. Als sie seine Blicke sah, trocknete sie sich schnell die Finger am Rand der Tischdecke ab.

»Ist denn das nötig, so eine Impfung?« fragte sie, während er das Datum auf der Karte eintrug. »Irgendworan muß der Mensch doch sterben. Eine Lungenentzündung ... meine Schwester, die auch Krankenpflegerin gewesen ist, nennt das *the old man's friend*. Ein Segen, denn sie bringt einen barmherzigen Tod ohne allzuviel Kampf. Sagt man.«

»Es gibt den Impfstoff, also verabreichen wir ihn, es sei denn, Sie haben prinzipielle Einwände. Sind Sie Zeuge Jehovas oder so?«

Sie schüttelte den Kopf und schaute ihn forschend an. Während er den Impfstoff und präparierte Gazetupfer aus seiner Tasche holte, versuchte sie ihn zu beruhigen, indem sie ihn auf die Schmetterlinge hinwies, die die violetten kerzenförmigen Blüten eines großen verwilderten Strauchs umschwärmten, der über der Terrasse hing.

»Man sagt, daß durch den Flügelschlag eines Schmetterlings irgendwo weit weg ein Tornado entstehen kann. Sehen Sie es vor sich?«

Er reagierte nicht, und während sie schon mal den halblangen Ärmel ihres Sommerkleids hochschob, wagte sie noch einen Versuch: »Diese Lucia de B., ja, diese Krankenschwester, die all die alten Leute ermordet hat und, was weiß ich, wie viele Babys, die wird Engel genannt, Engel des Todes. Nun, unter einem Engel stelle ich mir doch wirklich etwas ganz anderes vor.«

Ich lächelte. Wenn sie wüßte, wie recht sie hatte: Engel töten nicht. Wir sind dabei, wenn jemand stirbt, ein Zwischenglied zwischen Leben, Tod und Weiterleben, eine Art Geburtshelfer, der die Katze durch die Katzenklappe lotst. Aber Gerrit hatte es gründlich satt, sie war nicht die erste diese Woche, die ihn darauf ansprach. Die Sache kam demnächst vor Gericht, und das säte einen Haufen Unruhe unter den Menschen. Genau wie das Gerücht über diese andere Krankenschwester, die systematisch demente alte Leute mißhandelt hatte. Er schob seinen Stuhl näher heran, legte seine Hand auf Fransjes Oberarm, um ein Stückchen Haut zu desinfizieren. Bildete er es sich ein, oder verlagerte sie ihr Gewicht auf die andere Gesäßbacke, von ihm weg?

»Sie haben doch keine Angst vor einer Spritze?«

»Warum sollte ich? Sie machen es doch ganz vorsichtig.«

Da strampelte man sich ab, um allen rechtzeitig die richtige Medikation zu verabreichen und immer geduldig und verständnisvoll zu bleiben, und was war der Dank? Mißtrauen, das mit jedem neuen Zeitungsbericht geschürt wurde. Wenn so ein Thema erst einmal ins Fernsehen kam, sollte man sich in Sicherheit bringen, dann war der Teufel los. Unter Kollegen wagte er es nicht einmal anzuschneiden, so ein Gespräch ging schnell in die falsche Richtung, wurde, ehe man sich's versah, persönlich. Er selbst hatte nie etwas Strafbares getan, noch nie jemanden mißhandelt, natürlich nicht. Aber manchmal reizten sie einen bis aufs Blut, wenn sie immer wieder dieselben Fragen stellten, ohne bei der Antwort hinzuhören. Dann könnte er so jemanden schon einmal ordentlich durchschütteln. Monatelang schlummerte diese Neigung, um unversehens durch etwas Ängstliches in einem Blick oder eine widerspenstige Bewegung, die ihn bei seiner Arbeit behinderte, geweckt zu werden. Manchmal fühlte er diesen Drang durch etwas Hochmütiges im Verhalten von jemandem aufsteigen, durch den Ton, den jemand ihm gegenüber anschlug, als ob er der Laufbursche wäre. In solchen Momenten konnte er sich nicht enthalten, die Spitze des Digitalthermometers einen Tick zu kräftig in das Ohr zu jagen, oder er ließ so eine Nörglerin ein paarmal nach dem Nachttopf klingeln, obwohl er wußte, daß sie zwanzig Minuten zuvor ein Abführmittel bekommen hatte.

»Eigentlich ganz falsch, davon anzufangen«, sagte sie.
»Vom Sinn und Zweck der Grippeschutzimpfung?«
»Von dieser Lucia de B. ...«
»Ach, alle reden darüber.«
»Eben drum. Ich sehe, daß Sie es sich zu Herzen nehmen, und das verstehe ich. Was können die Leute doch für dummes Zeug schwatzen, wenn sie sich unbehaglich fühlen.«

Er steckte die Karte in seine Tasche zurück und tat, als ob er etwas suchen würde. Sie mochte zwar eine alte Quasselstrippe sein, doch sie schaute durch ihn hindurch. Wenn sie seinen wachsenden Ärger bemerkt hatte, was noch? Konnte sie Gedanken lesen? Er mußte das hier schnell erledigen und verschwinden. Sie sah ihn so betrübt an, als ob sie Mitleid mit ihm hätte. Er legte seine Hand wieder um die schlabberige Haut ihres Oberarms und streckte die andere nach der Spritze aus, als im Haus das Telefon klingelte. Sie tauschten einen Blick.

»Einen Moment.«
»Können Sie es nicht klingeln lassen?«
»Nein, denn meine Schwester weiß, daß ich zu Hause bin. Wenn ich nicht drangehe, macht Addy sich Sorgen.«
»Wir haben es gleich geschafft.«
»Nur ganz kurz.«

Sie sprang auf, prallte gegen den Tisch, die Spritze rollte zum Rand – gerade noch rechtzeitig konnte er seine Hand darauf legen. Ungeschicktes Weib ... er sah sie an, hielt seinen Blick starr auf sie gerichtet, als sie zum Telefon eilte. Doch auch als sie abnahm, blieb sie mit dem Rücken zu ihm stehen. »Ah, du bist es, Tycho«, sagte sie heiter. »Du rufst aus einer Telefonzelle an ... mach es kurz, bitte, ich habe Besuch.«

Fransje hatte zum zweitenmal den Ärmel ihres Sommerkleids hochgekrempelt. Es war geschehen, ehe sie – und ich – es uns versahen. Roh ergriff Gerrit ihren Arm und stieß ihr die Nadel ins Fleisch. »Au, was machen Sie denn! Sie tun mir weh!« – »Wollen Sie, daß ich daneben steche?« Sie war zu schockiert, um etwas zu erwidern, zu schockiert auch, um zu weinen. Ich versuchte sie zu trösten, indem ich ihr ein Liedchen ins Ohr summte, etwas aus ihrer Kindheit, einen Kanon, den ihre Mutter oft gesungen hatte, und dann hatten die Kinder, eins nach dem anderen, einsetzen müssen: »Drei Gäns' im Haferstroh, saßen da und waren froh ...« Aber das Gift hatte seine Wirkung schon getan, sie hörte und fühlte nichts mehr. Als Gerrit längst verschwunden war, und auch der Abdruck seiner Finger auf ihrer Haut, saß sie noch immer da, wie betäubt.

Zuerst war Tycho zu seiner Oma gefahren. Als er vor ihrer Tür stand, wurde ihm bewußt, daß er sie letzten Samstag selbst nach Enschede gebracht hatte, wo sie in einen Bus gestiegen war, zu einer Reise nach Wien mit sechzig anderen weißen Dauerwellen. Sie würde erst Ende der Woche wiederkommen. Hoffnungsvoll spähte er durch die halbgeschlossenen Vorhänge hinein: Vielleicht hatte sie ja Heimweh gehabt und war eher zurückgekehrt? Auf der Matte im Flur lagen ein paar Zeitungen und ein wenig Post, im Schlafzimmer oben brannte eine Lampe, damit es den Anschein hatte, als ob jemand zu Hause wäre. Es würde ihn nicht wundern, wenn auch ein Radio liefe, um die Einbrecher irrezuführen.

»Suchen Sie etwas?« fragte eine Passantin. Sie blieb kurz stehen.

Als er sich vom Fenster löste, ging sie weiter, doch als er in sein Auto stieg, drehte sie sich noch einmal um, wie um sich sein Gesicht einzuprägen. Rudy, dachte er auf einmal, der hatte sich oft genug Geld von ihm geliehen. Wenn er mit seinem Lastwagen nicht allzu weit entfernt war, könnten sie sich vielleicht auf halber Strecke treffen. Rudy würde ihm bestimmt aus der Patsche helfen, der wußte wie kein anderer, was ihm die Probefahrt bedeutete. Er streckte die Hand schon nach seinem Handy aus, als ihm einfiel, daß es gesperrt war. Er mußte eine Telefonzelle suchen.

Er hatte die halbe Stadt durchkreuzt, bevor er endlich auf eine Telefonzelle stieß, die funktionierte. Nachdem er ein paarmal vergeblich eine Münze in einen Apparat geworfen hatte, hatte er nur noch drei Euro in der Tasche. Es dauerte eine Weile, bis er seine Geschichte loswerden konnte, denn Rudy hielt es für nötig, erst ein paar Witze zu machen: »Warum steckst du in einer Zelle, was hast du ausgefressen?« Tycho war langsam zu entnervt, um das lustig zu finden. Als er schließlich zu Wort kam, stellte sich heraus, daß er von seinem Freund nichts zu erwarten hatte; der war mit einem Laster voller gefrorener Hühner auf dem Weg nach Antwerpen, wo er vor heute abend neun Uhr seine Fracht bei einem Supermarkt abliefern mußte.

Rudy nicht, aber wer dann? Er begann so zu schwitzen, daß das Glas der Telefonzelle im Nu beschlagen war. Mit dem Fuß hielt er eine der Türen ein Stück auf. Konzentrier dich, denk nach! Außer Rudys Nummer gab es nur eine andere, die er auswendig kannte: die von zu Hause, obwohl er dieses Wort kaum herausbrachte, seit sein Vater wiederverheiratet war, mit einer Frau, die alle Fotos von Tychos Mutter entfernt hatte. Und nicht nur die Fotos, sondern jedes Bild, jede Vase, die Sammlung Glaspferdchen, ja sogar das Rosenbeet, das seine Mutter und er zusammen zwei Jahre vor ihrem Tod angelegt hatten, war von seiner Stiefmutter völlig umgestaltet worden. Eine große Terrasse hatte sie daraus machen lassen mit Waschbetonplatten und weißen Plastikmöbeln, schön praktisch.

Er wummerte mit dem Kopf gegen das Glas … nicht so denken, nicht so negativ, Mann, es ist schließlich die Frau deines Vaters, du kommst nicht an ihr vorbei. Laß dich nicht so aufbringen. Er holte tief Luft: Es war nicht nur die Aussicht, vor ihr auf die Knie fallen zu müssen, sondern auch, daß er nun doch wieder bei seinem Vater anklopfen mußte. Diese ganze Sparregelung für das Motorrad war die Idee seines Vaters gewesen. Der hatte ihm geholfen, sich selbständig zu machen, ihn gelehrt, eine Rechnung zu schreiben, einen gebrauchten Computer für ihn ergattert, und nun mußte er wieder …, aber seine Finger glitten automatisch über die Tasten, wie ein Kind, das blind die Brust seiner Mutter findet.

»Pa ist sicher noch nicht da?« fragte er, so freundlich er konnte.

»Nein, erst nach sechs.«

»Wo ist er?«

»Arbeiten, natürlich, was dachtest du denn?«

Sie konnte es einfach nicht, normal antworten. Er wußte genau, wie sie in diesem Moment schaute, seine Stiefmutter, am anderen Ende der Leitung; ängstliche runde Rosinenaugen, das schwarzgefärbte, kurzgeschorene Haar stach von der bleichen Haut ab. Die Sehnen in ihrem mageren Hals waren wie Drahtseile gespannt.

Wenn er ihr an ihrem Geburtstag einen Kuß gab, fühlte es sich an, als ob sie eine Waschbetonplatte unter ihrer Bluse verbergen würde. Man mußte ihr eine Menge Alkohol einflößen, wollte man diese Frau ein bißchen auftauen, was auch kein Vergnügen war, denn dann bekam sie einen Weinkrampf nach dem anderen. Aber bei ihr wußte man nie, manchmal war sie plötzlich wie ausgewechselt und tat auf einmal scheißfreundlich.

»Weißt du vielleicht, wo er ist? Dann fahre ich schnell vorbei.«

»Irgendein großer Auftrag, eine Straßenverbreiterung oder ein Kreisverkehr, aber wo, keine Ahnung. Ist was, brauchst du wieder Geld?«

Nach sechs. Tycho rechnete aus, wann er in Veenendal sein würde, wenn er erst so spät losfahren könnte. Es wurde früh dunkel, vielleicht sollte er den Verkäufer anrufen und ihn bitten, den Termin auf morgen zu verschieben. Nein, lieber nicht, das machte so einen unzuverlässigen Eindruck, gestern hatte er ihn noch angerufen, um zu fragen, wie er am besten fahren solle.

»Bist du zu Hause, dann komme ich auf einen Sprung vorbei.«

»Wenn du wieder Geld willst, brauchst du nicht zu kommen.«

»Wie meinst du das?«

»Genau wie ich es sage. Dein Vater und ich haben eine Abmachung darüber. Dein Vater sagt auch: Er muß es einfach mal lernen. Er fragt sich, ob du überhaupt allein wohnen kannst. Du wurschtelst so vor dich hin.«

Tycho preßte den Telefonhörer so fest, daß sein Handballen weh tat. In der gläsernen Wand der Zelle sah er sein Gesicht, starr vor Wut. Wenn er ihr jetzt Auge in Auge gegenüberstünde, würde er sie am Schlafittchen packen und diesen geschorenen Rattenkopf zwischen die Tür klemmen. Oh, du Miststück, hätte er beinahe gerufen, doch statt dessen trat er kräftig gegen die Tür.

»Du hast also Geld im Haus und willst mir nichts leihen?«

»Red nicht in diesem Ton mit mir, ja! Wenn du nicht zu lahmarschig wärst, deine Rechnungen rechtzeitig zu verschicken, würdest du nicht ständig in den roten Zahlen stecken.«

Darauf wußte er nichts zu antworten. Er spürte, wie sein Zorn schlagartig nachließ. Sie hatte recht, und diesmal war das keine Niederlage, denn sie hatte ihn auf eine Idee gebracht.

Das Klappern der Geräte auf der Pritsche war bereits von weitem zu hören. Fransje schaute auf die Uhr, es war noch nicht einmal vier. Meistens kam Tycho zu spät, es fiel ihm schwer, sich die Arbeit richtig einzuteilen. Gerade hatte er angerufen, daß er etwas eher komme. Sie tastete nach dem flachen Lederbeutel, der an einer Schnur um ihren Hals hing. Es war besser, die Summe schon mal beiseite zu legen, damit er nicht sah, wieviel Geld sie im Portemonnaie hatte.

Kaffee kochen, dachte sie und stemmte die Hände auf ihre Beine, um nun aber wirklich Anstalten zu machen, na los, er verläßt sich darauf. Nachdem sie einmal im Spaß gesagt hatte, daß man von so einem starken schwarzen Kaffee eine schöne Leiche wird, war das ein Scherz zwischen ihnen geworden. Doch sie rührte sich noch immer nicht, nicht nur ihr Arm war steif, ihr ganzer Körper fühlte sich wie zerschlagen an.

Warum war er auf einmal so bösartig geworden, der Mann von PNM? Es war dumm gewesen, daß sie gegen den Tisch gestoßen war, aber so schlimm nun auch wieder nicht. Nachdem sie aufgelegt hatte, hatte sie sich zum zweitenmal entschuldigt und nochmals erklärt, warum sie ans Telefon gehen mußte. Es hatte ihn nur noch wütender gemacht, schnell, schnell hatte er ihren Arm ergriffen, und als sie gesagt hatte, daß er ihr weh tue, hatte er erwidert, daß sie sich nicht so anstellen solle.

Ihre Unterlippe zitterte, nicht wegen der Erinnerung an den Schmerz, sondern wegen des Lächelns um seinen Mund. Sie wischte sich mit der Hand die Nase, Tycho brauchte sie nicht flennen zu sehen. Aber was war nur in den Mann gefahren? Er war von Anfang an ein wenig mürrisch gewesen, doch sie hatte nicht den Eindruck gehabt, daß er ein widerlicher Kerl sei.

Die Tage nehmen, wie sie kommen ... Laß dich nicht aus dem Konzept bringen, Fransje, lach darüber, der Mann ist nicht ganz richtig im Kopf, bete für ihn. Versuch nicht ihn zu vergessen, sondern ihn gerade vor dir zu sehen mitsamt seinem Grinsen und allem. Du mußt es wahrhaben: So sind Menschen manchmal. Er kann im übrigen nichts gegen dich haben, nichts gegen dich persönlich, denn er kennt dich gar nicht. Du hast nichts Unrechtes getan. Er wollte sich einfach jemanden vorknöpfen, und zufällig warst du das. Nun ist er es los, sonst hätte er vielleicht seine Freundin geschlagen oder ein Kind. Laß dich nicht mit herunterziehen, laß es nicht geschehen.

Das beklemmende Gefühl, als ob er ihr ein Serum gespritzt hätte, das ihre Lungen schrumpfen ließ, ging nicht vorbei, sondern wirkte weiter, und als Tycho mit Hacke und Spaten über der Schulter und einer Baumschere in der Hand um die Ecke des Hauses bog, bekam sie kaum einen Gruß über die Lippen.

»Oh, da bist du ja schon«, automatisch schlossen sich ihre Finger wieder um die Lederbörse.

»Guten Tag.« Sie sah, wie er auf den Tisch schaute, wo zwar ein Becher und die Zuckerdose bereitstanden, aber keine Thermoskanne mit Kaffee. Er legte seine Geräte ins Gras und blickte in den Himmel, fuhr mit der Hand durch einen Mückenschwarm.

»Darf ich mal schnell auf die Toilette. Ich muß schon die ganze Zeit so dringend, aber ich war in der Stadt und ... Ich ziehe meine Schuhe aus, natürlich.«

»Geh nur, du weißt ja, wo es ist.«

Sichtbar erleichtert eilte er hinein. Sie spitzte die Ohren. Was machte er denn? Er würde doch keine Drogen nehmen, sich etwas spritzen oder etwas schlucken oder schnupfen? Mal schnell auf die Toilette ... sie war viel zu vertrauensselig, ließ all diese Männer einfach ein. Sobald er fertig war mit ... mit dem, was er da auch immer tun mochte, konnte er gleich wieder verschwinden.

Endlich hörte sie die Toilettenspülung, danach Wasser ins Waschbecken laufen. Er hatte nicht gepinkelt, sondern einen Haufen gemacht, einen großen Männerfladen – sie mußte fast würgen bei dem Gedanken an den Gestank, der sich in ihrem Haus verbreiten und sie zwingen würde, draußen zu bleiben, ausgerechnet jetzt, wo sie nichts lieber wollte, als die Gardinen zuzuziehen und wieder ins Bett zu kriechen.

»Ich hol' schnell die Schubkarre, und dann erzählen Sie mir, was ich als erstes machen soll«, sagte er, während er sich die Hände an seiner Jeans abtrocknete. »Heute eine halbe Stunde, und morgen mache ich es fertig, das verspreche ich. Soll ich die Buddleia hochbinden? Das schafft ein bißchen mehr Luft. Im Herbst müssen wir sie mal wieder kräftig zurückschneiden.«

Wenn sie ihm jetzt nicht zu verstehen gab, daß er lieber gehen sollte, würde sie ihn nicht mehr loswerden. Tycho kam langsam in Gang, aber wenn er einmal beschäftigt war, arbeitete er wie ein Besessener, er schien nie müde zu werden.

»Es paßt mir eigentlich nicht so gut heute, Tycho.«

»Oh.«

»Du findest es doch nicht schlimm, daß ich dich umsonst habe kommen lassen?«

Er wischte sich etwas Erde von den Augenbrauen. »Nein, ehrlich gesagt nicht. Ich muß noch duschen, saubere Sachen anziehen für diesen Termin.«

»Na, dann geh nur.«

Er hob Spaten und Baumschere wieder auf, trat auf die Hacke, so daß der Stiel mit einem Schwung in seiner Hand landete. »Können wir trotzdem schon mal abrechnen?«

Sein Blick wanderte zu der Börse an ihrem Hals, sie errötete, als ob sie mit gespreizten Beinen dasäße und er aus Versehen ihre Unterhose sähe.

»Geht das nicht morgen?«

»Ich habe Sie extra angerufen. Ich brauche das Geld. Nicht morgen, heute. Wegen dieser Kaution.«

Irgendwo in der Nähe durchsägte eine Grille im Gras die Stille; besorgt, beinahe ängstlich starrte Tycho Fransje an. Wie klein er auf einmal wirkte, obwohl er doch bestimmt zwei Köpfe größer war als sie; dabei stand er, und sie saß. Flehend sah er sie an, mit dem Blick eines Hundes, der ihr die Hand lecken wollte.

»Hundertzwanzig Euro macht alles zusammen«, sagte er.

Sie preßte die Beine um die eiserne Stuhlkante. »So viel? Aber das … das habe ich dann doch nicht richtig verstanden. Das kommt mir ungelegen, so ein großer Betrag auf einmal.«

»Ich habe es Ihnen eben vorgerechnet. Ich bin dreimal zwei Stunden hiergewesen, ohne heute und morgen. Weil ich es gleich auf die Hand bekomme, brauchen Sie die Mehrwertsteuer nicht zu bezahlen.«

Sie hatte es gewußt, schon in dem Moment, als sie zugestimmt hatte: Sie hätte nicht darauf eingehen dürfen. Sie bezahlte nie jemanden schwarz, nie. Sie hatte sich nicht herumkriegen lassen, um ihm einen Gefallen zu tun, nicht aus Gutmütigkeit, wie sie sich eingeredet hatte, sondern weil es ein paar Cent ausmachte. Sie wich seinem fragenden Blick aus, sah, wie ein Kohlweißling von der Buddleia aufstieg, die nun im Schatten lag, und zur Schuppenwand flog, um sich dort, mit gespreizten Flügeln, in der Sonne zu wärmen. Sie konnte es nicht. Es gelang ihr nicht, der Kälte in ihrem Innern zu entfliehen.

»Ich hatte vergessen, daß die Reinigung gleich meinen Wintermantel zurückbringt, die muß ich auch noch bezahlen, auch für andere Male, fällt mir gerade ein. Aber wenn es wirklich sein muß, will ich dir einen Teil des Betrags vorschießen.«

»Wieviel?«

»Fünfzig Euro.«

»Ist das alles?«

»Mehr geht wirklich nicht.«

»Sie hatten es versprochen!« rief er aus.

Wenn er sich so aufführte, konnte er die fünfzig Euro ebenfalls in den Wind schreiben. Sie stand auf, um ihm zu erkennen zu geben, daß es ihr reichte. Wütend schmiß er seine Geräte hin, der Spaten traf einen Terrakottatopf mit Fuchsien, ein Stück vom Rand brach ab. »Nun guck doch, Junge, was du machst. So ein teurer Topf, auch noch winterfest.« Ein Schauder überlief sie, sie wollte es nicht sagen, es rutschte ihr heraus. »Das geht von deinem Lohn ab.«

»Ich habe darauf gezählt. Auf die ganze Summe. Kann die Reinigung nicht warten?«

»Und ich will eine Quittung.«

Er griff sich mit beiden Händen an den Kopf. Heiser und mit sich überschlagender Stimme rief er: »Das war nicht abgemacht.«

»Ich muß schließlich einen Beleg haben, daß ich dich bezahlt habe. Womöglich schickst du mir in ein paar Wochen doch noch eine Rechnung.«

Von seiner Stirn liefen ein paar Schweißtropfen die Schläfen herunter zum Kiefer, ein schmutziges Rinnsal. Er starrte sie an, mit verschwommenem Blick.

»Miststück. Das ist nicht fair.«

»Nun, dann wird nichts draus. Komm morgen wieder, wenn du dich beruhigt hast.«

Da ging sie, eilig humpelte sie über die alten, ausgetretenen Klinker, die ihr Vater noch verlegt hatte, unter dem Buchenheckenbogen hindurch, zum Garten hinaus. Jeden Tag ein bißchen Bewegung, hatte der Doktor gesagt, das muß sein, unter allen Umständen, wer rastet, der rostet. Sie überquerte den Waldweg, der sich wie eine Schleife um das Weideland zog, wenn man ihm folgte, kam man zu dem Feld, das die Grenze zwischen Hof Leeverdink und den anderen Ländereien bildete. Das Feld stand voller

Sonnenblumen. Sonst hielt sie immer inne, um die gelbe Fläche auf sich wirken zu lassen, sich daran zu laben, jetzt lief sie weiter. Sie wollte zu den Pferden, die im Schatten der Rotbuche auf der Weide grasten.

Wie stets achtete sie gut darauf, wo sie hintrat, in dem hohen Gras sah sie vielleicht nicht jede Kuhle oder Unebenheit, und in ihrem Alter mußte man sich nicht auch noch etwas brechen. Sie schaute sich nicht um, es wunderte sie nicht, daß sie keine Autotür zuschlagen hörte, keinen Motor starten, kein Klappern auf der Pritsche eines wegfahrenden Wagens. Bei der rostigen Badewanne angekommen, die mitten auf der Weide stand, dort, wo früher – als es noch zwei Weiden gewesen waren – ein Elektrozaun verlaufen war, hielt sie an. Außer Atem lehnte sie sich an den Rand der Wanne und drehte sich nach dem großen Haus um; hinter den Fenstern bewegten sich ein paar Menschen, sie hob die Hand, doch niemand winkte zurück.

Sie fühlte sich fast nie einsam, aber nun schon. Ausgeschlossen, im Stich gelassen. Sie hätte ebensogut nicht existieren können. Für die Bewohner von Leeverdink war sie eine … eine bekloppte Alte, ja, die jeden Tag ihren Spaziergang machte, man konnte die Uhr danach stellen – hör auf damit, Fransje, hör auf, dich zu bedauern, du bist heute viel später dran als sonst, durch diesen schlimmen Traum, die Spritze und das Theater mit dem Jungen. Gut, daß du standhaft geblieben bist, man kann auch zu nachgiebig sein, diese jungen Leute gehen so locker mit Geld um, die verteilen das Fell schon, bevor der Bär erlegt worden ist.

Sie wandte den Blick von dem Haus ab und betrachtete einen Taumelkäfer, der über das grünliche Wasser glitt. Sie sah ihr Spiegelbild in der halbvollen Wanne, der Geldbeutel baumelte über der Wasseroberfläche; das Lederband umrahmte ihren Mund, ihren Mund mit einem starren Lächeln um die Lippen.

Sie schreckte zurück, wankte, mußte sich am Rand der Wanne festhalten, so entsetzt war sie über die Ähnlichkeit – um ihren Mund lag dasselbe Lächeln wie bei diesem Mann, als er ihr die Nadel in den Arm spießte.

Was hatte sie getan?

Was war in sie gefahren?

Was tue ich dem armen Tycho an? Er hat dafür gearbeitet, es ist sein Geld, ich muß es ihm sofort bringen, er hat ein Recht darauf, es gehört ihm. Ich habe es ihm versprochen.

Aber die Einsicht kam zu spät, denn Tycho war ihr hinterhergerannt, auf die Weide; das hohe Gras dämpfte seine Schritte, sie hörte ihn nicht. Für einen Moment wurde er durch das Reflektieren des Sonnenlichts in einem Stück Eisen geblendet, er strauchelte, aber der Fall brachte ihn nicht zur Besinnung. Er rappelte sich auf, lief noch schneller weiter, er hörte nicht, daß die Pferde wieherten, nicht, daß die Gänse auf dem Hof des großen Hauses in Panik zu schnattern begannen. Er verstand die Zeichen nicht.

Er folgte ihr, ohne nachzudenken. Daß im Garten von Hof Leeverdink Leute waren, die ihn beobachten konnten, war ihm nicht bewußt. Er sah nur sie, Fransje, in ihrem blau-weiß gestreiften Sommerkleid, auf dem Rand der Badewanne sitzend, halb von ihm abgewandt, einen Beutel mit Geld um den Hals. Und waren die Leben der alten Frau und des Gärtners bis zu diesem Zeitpunkt noch zwei Linien gewesen, die sich hin und wieder kreuzten, jetzt verknoteten sie sich miteinander. Als sie sich vom Rand der Wanne löste, stieß er sie zurück. Dadurch, daß er schräg hinter ihr stand, sah sie ihn nicht, trotzdem wußte sie, daß er es war. Sie wollte sich das Band über den Kopf ziehen, um ihm den Geldbeutel zu geben, doch im selben Augenblick zog er es mit einem kräftigen Ruck, mit beiden Händen zugleich, an. Er hörte nicht, daß sie rief: »Hier, für dich«, denn fester und fester zog er die Schnur um ihre Kehle, aus der nur noch unverständliches Geröchel kam.

Sie fiel zur Seite, faßte nach seiner Hand, aber er schubste sie ins Wasser. Sie klammerte sich an den Rand der Wanne, stieß sich ab, hatte keinen Halt, der Boden war zu glatt, mit moderndem Laub bedeckt. Ein paarmal gelang es ihr, über Wasser zu kommen, grüne Algen klebten in dem weißen Haar, doch immer wieder stieß er sie zurück, bis sie sich abermals aus seinem Griff befreien konnte. Es dauerte lange, viel länger als die letzten Zuckungen beim Paaren. Mit bloßen Händen ein Leben zu nehmen ist schwieriger, als es zu zeugen. Tycho gab nicht auf, denn in seinem Leib tobte eine Wut, die zu groß war für einen einzelnen Menschen. Es war, als ob eine Flutwelle, die irgendwo im Ozean als Kräuselung begonnen hatte, ihn vorwärts treiben, ihn mitreißen würde. Wie die Kiefer einer Muschel umklammerten seine Hände ihren kleinen Schädel, und er schlug und schlug den Kopf der alten Frau gegen den Rand der eisernen Badewanne – bis sie keinen Widerstand mehr leistete.

Ich war dabei, es geschah vor meinen Augen. Ich hätte mich dazwischenwerfen, Fransje in meine Arme nehmen und wohlbehalten nach Hause bringen wollen. Aber ich habe keine Hände, mit denen ich eingreifen könnte, keinen Stock, kein flammendes Schwert. Sollte jemand gemeint haben, daß meine Position beneidenswert sei, so zwischen Himmel und Erde und überall eindringen zu können, in Schlafzimmer, Fahrstühle, Gedanken, dann ist ihm diese Illusion jetzt hoffentlich geraubt worden.

Unsagbar traurig stand ich auf der Weide, hinter mir ein Feld mit gelben Blumen, ihre Kindergesichter erwartungsvoll der Sonne zugewandt. Ich schaute zu, Minute um Minute, hörte Fransjes Wimmern, beobachtete das Grauen, das ich heute morgen für den Bruchteil einer Sekunde vor mir gesehen hatte – bis zuletzt hatte ich gehofft, daß es nicht geschehen würde. Als Tycho endlich die Flucht ergriff, beugte ich mich über Fransje. Ihr Kopf war abgeknickt, das Kinn lag halb in dem schmutzigen Wasser. »Mama?« sagte sie ganz leise, und ich antwortete: »Ich bin bei dir, mein Kind«, und mit dem Rand meines Flügels strich ich ihr über die Schläfen, bis sie den Geist aushauchte.

Ich saß da, bis ich die große Glocke auf Hof Leeverdink läuten hörte, so laut und lang anhaltend, daß es weithin zu vernehmen gewesen sein muß. Ich sah Fransjes Großnichte über die Weiden angerannt kommen, hinter ihr der neue Freund. Ich sah, wie sie sich über die Wanne beugte und die Algen von Fransjes Stirn wischte. Sie würde bei ihr bleiben, das erkannte ich an ihren Gebärden, auch wenn gleich die Polizei käme und später der Leichenbeschauer. Sie würde darauf achten, daß ihre Tante gewaschen und in dem anemonenblauen Kleid auf ein sauberes Laken gelegt würde, den Rosenkranz in den gefalteten Händen. Da bin ich dem Gärtner hinterhergeeilt, denn auch seine Geschichte geht weiter. Ein Mord kann nie das letzte Wort sein, ist nie das Ende, eher der Anfang. Aber der Anfang wovon? Von einer neuen Geschichte, von noch so einer Kette kleiner und großer Grausamkeiten, oder von etwas anderem?

IV

Die Fähre

Tycho rannte sofort zu seinem Pick-up, ohne daran zu denken, seine Spuren zu verwischen. Als die Polizei eintraf, lagen Hacke, Spaten und Baumschere noch an der Stelle, wo er sie hingeworfen hatte. Es war keine bewußte Entscheidung, kein Entschluß gewesen, er tat, was ihm gerade in den Sinn kam, und legte blindlings die Route zurück, die er am Abend zuvor genau, Abzweigung für Abzweigung, auswendig gelernt hatte.

Er folgte der Landstraße nach Aalten in Richtung Arnhem. Vom ersten Moment an nahm er ein merkwürdiges Geräusch wahr, ein Klappern ganz in der Nähe, als ob sich etwas in seinem Auto gelöst hätte. Erst als er zufällig in den Spiegel schaute, bemerkte er, daß es seine Zähne waren, die unablässig klapperten. Wenn er seine Lippen mit aller Macht zusammenpreßte, hörte es auf, aber nicht für lange. Wie starr er seinen Blick auch auf die Straße gerichtet hielt, wie kräftig er auch aufs Gaspedal drückte, das Klappern seiner Kiefer und das Zittern seiner Knie konnte er nicht abstellen.

Er war eine knappe halbe Stunde unterwegs, als er über sich das Geräusch eines Hubschraubers vernahm. Er verringerte das Tempo und öffnete den Sicherheitsgurt; er würde keinen Widerstand leisten und nichts leugnen: Ja, ich war gegen vier Uhr im Garten von Frau V. Ja, ich habe sie getötet, aber es war nicht meine Absicht gewesen, ich bin nicht zu ihr gefahren, um ihr etwas anzutun, warum auch, sie war gerade eine meiner besten Kundinnen.

Wie sollte er das beweisen? Alles wies auf das Gegenteil hin. Er hatte mit mindestens zwei Leuten über seine Geldnot geredet, und Fransje hatte Besuch gehabt, als er sie anrief, das war noch ein Zeuge mehr. Jeder, der ihn in den letzten Wochen gesprochen hatte, wußte, wie er der Probefahrt entgegengefiebert hatte. Doch der Hubschrauber flog weiter, machte eine Kurve und verschwand kurz darauf aus der Sicht. Tycho beschleunigte und bremste sofort wieder ab. Vor ihm und hinter ihm fuhr eine lange Reihe von Autos, im Schrittempo, innerhalb kürzester Zeit würde hier nichts mehr gehen. Er schaltete das Radio ein und hörte, daß bei Zevenaar ein Pferd auf die Straße gerannt sei, wodurch ein Lastwagen mit Anhänger ins Schleudern geraten sei, wodurch – er schaltete das Radio wieder aus.

Er zauderte: Wo ein Unfall passiert war, würde früher oder später die Polizei auftauchen, wenn er jetzt die Standspur nähme, würde er ihr mit etwas Glück gleich in die Arme fahren. Hinter ihm wurde laut gehupt. In Gedanken versunken, hatte er den Abstand zwischen sich und seinem Vorgänger immer größer werden lassen. Im Spiegel sah er die lange Autoschlange und auch, wie wild sein Blick war, wie schmutzig sein Gesicht. Eine bleiche Fratze mit schwarzen Erdstreifen, das Negativ von so einem Buschneger auf Discovery Channel, der bemalt auf den Kriegspfad geht. Und doch war es sein Gesicht, waren es seine Hände, die das Lenkrad umklammerten, dieselben Hände, die – dann hatte er eine Weile keinen einzigen Gedanken mehr.

Er war südlich an Arnhem vorbeigefahren, um den größten Verkehr zu umgehen, aber auf der N 325 blieb er wieder stecken. Am Abzweig Heeteren überquerte er den Fluß, aus einem Impuls heraus, um einfach nicht noch länger im Stau zu stehen. Rechts von ihm lag der Neder-Rijn glänzend in der tiefstehenden Sonne. Die kurvenreiche Deichstraße war schaurig schmal, der Asphalt an den Rändern ausgefranst. Tycho hatte keine Ahnung, wohin er gelangen würde, er setzte seinen Weg fort in der Hoffnung, daß ihn jemand aufhalten würde. Aber das einzige, was ihm entgegenkam, war ein Bagger mit aufgesperrtem Maul, messerscharfe Zähne, die ganz nah an ihm vorbeiglitten. Er unterquerte eine Eisenbahnbrücke, während gerade ein Zug darüberdonnerte, passierte die großen weißen Schleusen bei Driel, fuhr unter der Autobahn hindurch, von der er gerade abgebogen war, kam durch ein langgestrecktes Dorf. Immer wieder mußte er abbremsen, weil die Straße aus lauter Verengungen zu bestehen schien; die Schubkarre auf der Pritsche schlingerte scheppernd hin und her. Er fühlte sich wie eine Kugel in einem Flipperautomaten.

Nach etwa zwanzig Minuten, kurz hinter Randwijk, führte die Straße nach einer Kurve plötzlich nach unten. »Lexkesfähre«, las er auf dem Schild am Fluß. Die Fähre hatte gerade abgelegt mit etwa fünfzehn Autos und einer Gruppe Radsportler in glänzenden Einteilern an Bord. Am Ufer wartete bereits wieder eine Autoschlange. Manche Fahrer stiegen aus, um sich die Beine zu vertreten oder am Büffet einer Cafeteria ein Eis zu essen. Männer in Büroanzügen unterhielten sich, während sie Dosen mit Erfrischungsgetränken schlürften, es herrschte Ferienstimmung. Tycho starrte sie an, als ob er den Fluß hinter ihnen brennen sähe. Als seine Mutter gestorben war, hatte es ihn auch so befremdet, daß die Menschen einfach so in die Disco gingen, ihre Geburtstage feierten und Pläne für Silvester machten. Wie war das möglich? Nichts würde fortan mehr sein wie zuvor.

Er stieg aus, tastete nach dem Portemonnaie in seiner Gesäßtasche, in dem sich noch zwei Euro befanden, gerade genug für die Fähre. Er fühlte an seiner Brusttasche, der lederne Geldbeutel paßte genau hinein; ein großer nasser Fleck hatte sich auf seinem Oberhemd gebildet. Als er zum Fluß hinunterging, nahm er den frischen Geruch von Süßwasser wahr, endlich war Wind aufgekommen. Er schaute hoch, Fetzen Weiß ließen das Blau noch blauer erscheinen. Am Ufer lief er ein Stück den Weg entlang, um sich hinter einem Strauch zu waschen, verborgen vor den Blicken der Leute, die auf der Terrasse der Cafeteria saßen. Als er fertig war, kämmte er sich vor dem Außenspiegel seines Wagens das halblange Haar sorgfältig hinter die Ohren, zog einen Mittelscheitel. Es war nur eine Frage des Abwartens, es konnte nun wirklich nicht mehr lange dauern. Wenn er den Mut aufgebracht hätte, im Stau stehenzubleiben, hätten sie ihn längst gefaßt. Sein Vater wußte, wo er hinwollte, hatte sogar die Adresse. Sie hatten vorgehabt, nächste Woche an seinem Geburtstag zusammen hinzufahren, um das Motorrad abzuholen.

Der Fahrer des Autos vor ihm war auch ausgestiegen; mit den Händen in den Taschen schlenderte der Mann auf ihn zu, sichtlich auf ein Schwätzchen aus.

»Offenbar sind wir nicht die einzigen, die auf die Idee gekommen sind, diesen Schleichweg zu nehmen«, sagte er.

Tycho bemerkte, wie der Mann den nassen Fleck auf dem Oberhemd betrachtete; um ihn abzulenken, zeigte er schnell aufs andere Ufer des Flusses. Ob er vielleicht wisse, wo diese Straße wieder Anschluß an die A 12 habe. Zweimal mußte er die Frage wiederholen, so leise sprach er, so heiser klang seine Stimme. Heiser wovon, hatte er geschrien? Er konnte sich nicht daran erinnern.

»Fahren Sie nur hinter mir her, ich bringe Sie hin.«

»Das ist nicht nötig, ich finde es schon.«

»Es ist keine Mühe, ich kenne diese Gegend wie meine Westentasche. Irgendwann gebe ich Blinkzeichen, dort biege ich rechts ab nach Renkum, und Sie müssen geradeaus weiter Richtung Ede.«

Tycho wagte kaum, den Mann anzuschauen, als er ihm dankte. War ihm denn nichts anzusehen? Er stieg wieder ein und fuhr auf die Fähre. Auf einmal wurde ihm bewußt, daß es wahrscheinlich das letzte Mal gewesen war, daß jemand einfach so mit ihm geredet hatte, als ob er ein Mensch wäre und kein Ungeheuer.

»Ich habe es getan«, sagte er. »Irgend etwas ist mit mir durchgegangen, aber ich bin es gewesen, ich.«

Er erinnerte sich an einen Nachmittag vor sehr langer Zeit, als er neben einem Freund an einem Graben gesessen hatte, um Kaulquappen zu fangen, und zum erstenmal die Empfindung gehabt hatte: ich … und wie er einen Satz ein paarmal hintereinander vor sich hin gesprochen – »ich bin ich bin ich bin ich« – und seinen Freund angeschaut hatte, der demnach jemand anders sein mußte. Zum erstenmal hatte er sich selbst betrachtet, als ob er aus seinem Körper geschlüpft wäre, und sich im Gras sitzen sehen, ein Marmeladenglas mit Froschlaich in der Hand, ich, der ein anderer war als der Junge, der auf einem Grashalm kauend neben ihm saß. Es war, als hätte er eine Erfindung gemacht, etwas nahezu Wissenschaftliches, wie die Entdeckung, daß aus schleimigem Laich ein makelloser Frosch wachsen konnte. Er hatte sich zutiefst glücklich gefühlt, aber auch ernst, groß und nichtig zugleich. Jetzt, da ihm bewußt wurde: Ich war es, ich habe es getan – nicht jemand anderes, sondern ich –, mit diesen Händen, meinen Händen, die nun auf dem Lenkrad liegen, wurde er so schwer, wie nie zuvor, so betrübt, wie ein Mensch nur sein kann.

Als er den Motor startete, um die Fähre zu verlassen, schaute der Fahrer des Wagens vor ihm in den Rückspiegel, auffällig lange, nachdenklich. Hatte er einen Regionalsender eingeschaltet, oder hörte er den Polizeifunk ab, wo in diesem Moment, vielleicht schon zum zigsten Mal, Tychos Steckbrief verlesen wurde oder das Kennzeichen seines Autos? Wenn es so wäre, sollte er es ihnen nicht unnötig schwermachen, je schneller es vorbei war, desto besser. Aber der Mann hielt Wort, genau am vereinbarten Punkt, an einer Ampel, gab er Blinkzeichen, kurbelte das Fenster herunter und bedeutete Tycho, daß er weiterfahren solle. Als er nach Renkum abbog, winkte er sogar noch einmal.

Die Braut

Die Beschreibung stimmte genau. Am Ende des Gewerbegebiets befand sich eine Tankstelle, neben einem mit schwarzer Plastikfolie und Autoreifen bedeckten Hügel; kurz danach, auf der rechten Seite, ein Schild: »Frische Eier zu verkaufen«, und dann gleich dahinter ein großer Bauernhof mit einer Grasfläche, auf der ein paar Ziegen weideten. Tycho fuhr nicht auf das Anwesen, sondern stellte sein Auto am Straßenrand ab. Auf der Uhr am Armaturenbrett sah er, daß er pünktlich war. Statt der vereinbarten halben Stunde war er keine fünfzehn Minuten bei Fransje gewesen. Dadurch, daß er nicht nach Hause gegangen war, um sich umzuziehen, hatte er die Wartezeit im Stau und an der Fähre wieder aufgeholt. Wenn die Verabredung mit dem Verkäufer sein Alibi gewesen wäre, hätte er es nicht besser inszenieren können.

Aus dem Vorderhaus kam ein etwa sechzigjähriger Mann, ein Greis in einer engen Jeans mit spitzen Cowboystiefeln. Tycho stieg aus, den Autoschlüssel ließ er im Zündschloß stecken, den brauchte er vorläufig nicht mehr. Seine persönliche Habe würde er erst zurückerhalten, wenn er seine Strafe abgesessen hatte – so war es zumindest immer in Kriminalfilmen. Der Mann wischte sich die Lippen ab und sagte, daß er im Radio etwas von Unfällen auf der A 18 gehört habe. »Also dachte ich: Der wird so schnell nicht hiersein.«

Scheu schaute sich Tycho um, ob irgendwo ein Überfallwagen zu sehen sei, dort hinter der Scheune vielleicht ... Der Mann folgte seinem Blick. »Ja, da steht sie. Ich hatte sie noch einmal starten wollen, doch ich bin nicht mehr dazu gekommen. Aber keine Sorge, sie läuft wie geschmiert. Ist das dein erstes Motorrad?«

»Ja.«

»Nun, dann wollen wir dich mal nicht länger auf die Folter spannen.«

Wir? Tycho konnte nichts Ungewöhnliches im Ton des Mannes entdecken, nichts deutete darauf hin, daß er in eine Falle gelockt würde. Und weil er nicht wußte, was er sonst tun sollte, tat er, was von ihm erwartet wurde: Er griff nach dem Geldbeutel in seiner Brusttasche. Aber das erste, was er herausfischte, war eine durchweichte Monatskarte für den Bus mit einem Paßbild von Fransje, ein blasses Foto, an einem Automaten aufgenommen. Sie sah sich überhaupt nicht ähnlich, war tief in den Kragen eines dunklen Wintermantels geduckt. Sie schaute mürrisch drein, ein Blick, den er nicht von ihr kannte – bis heute nachmittag. Bevor der andere die Monatskarte entdeckte, steckte Tycho sie wieder zurück und holte zwei feuchte Fünfzigeuroscheine und einen Zwanzigeuroschein hervor.

»Hier, Ihre Kaution.«

»Wohl damit gebadet, was«, feixte der Mann und machte eine wegwischende Geste.

»Hundertzwanzig Euro.«

»Behalt es nur«, er schob die Hand mit dem Geld von sich.

»Wie meinen Sie das? Es ist naß, aber echt. Sehen Sie.«

»Ja, das glaube ich dir. Es war bloß ein Test.«

»Ein Test?«

»Ich muß doch wissen, wie seriös du bist. Sonst kommt womöglich noch ein Schuljunge, der nur mal eine wilde Spritztour machen will. Aber dir vertraue ich.« Er drehte sich um und lief weiter, Tycho blieb wie angewurzelt stehen.

»Paß auf, ja«, rief der Mann. Er hielt das Scheunentor weit auf und deutete mit dem Kopf auf ein Stück Pappe an der Klinke, auf dem stand »NASS«.

Mit unsicheren Schritten, wie in einem Alptraum, in dem seine Füße bei jedem Tritt tiefer einsanken, folgte Tycho dem Mann in die Scheune. Drinnen war es dämmrig, und er blinzelte. Es dauerte einen Moment, bevor er sah, wie groß der Raum war und wie leer, bis auf ein paar Strohballen. Ein Strahl Abendsonne fiel schräg durch eines der Stallfenster auf das mit einem Laken bedeckte Motorrad. Nur die Räder waren zur Hälfte sichtbar, die Speichen, ein Stück vom Ständer, die goldenen Felgen. Wie die Schuhe einer Braut. Gleich würde sie ihren Schleier zurückschlagen, und er würde sie zu sehen bekommen, seine Liebe, seinen Traum.

Der Mann sagte, daß er ruhig näher kommen dürfe: »Sie beißt nicht.« Aber Tycho starrte von den durchweichten Geldscheinen in seiner Hand auf das Ding, das unter einem weißen Laken aufgebahrt war.

Er hatte das Geld fallen lassen, war gegen das gestrichene Tor gelaufen, vom Hof gerannt, zum Auto. Und losgefahren, ohne zu wissen, wohin. Immerzu ging es ihm im Kopf herum: Behalt dein Geld nur, ich vertraue dir …

Wie hätte er das ahnen können? Der Verkäufer tat zwar, als ob die großzügige Geste seiner Menschenkenntnis entsprang, aber das war nicht so. An einem anderen Tag hätte er die Kaution bestimmt haben wollen, wäre vielleicht sogar verärgert darüber gewesen, daß die Scheine naß waren. Doch an diesem Tag war ihm etwas passiert. Er hatte die Nacht bei seiner Freundin in Lichtenvoorde verbracht und war den Rest des Tages geblieben. Gegen halb vier hatte er sie in Winterswijk zum Bahnhof begleitet, wo sie den Zug zu Verwandten in Apeldoorn genommen hatte. Als er den Bahnhof verlassen wollte, eilig, denn er mußte noch die ganze Strecke nach Veenendaal zurück, war er über eine Nylontasche gestolpert, die herrenlos am Süßigkeitenautomaten gestanden hatte. Er war erschrocken gewesen, aber nicht nur, weil er voll hingeknallt war. Als er sich aufrappeln wollte, hatte er aus den Augenwinkeln gesehen, wie jemand auf ihn zustürzte, so ein Schleicher in viel zu weißen Turnschuhen.

Der junge Mann hatte sich besorgt über ihn gebeugt, ihn gefragt, ob er sich verletzt habe, und ihm vorsichtig aufgeholfen. Er hatte ihm ein sauberes Taschentuch angeboten, das nach Seife roch, damit er sich das Blut von der Nase tupfen konnte. Ein Zwischenfall, nicht aufsehenerregend, aber es genügte, um seiner Stimmung für den Rest des Tages einen Ruck zu geben und das Vertrauen in die Menschheit wiederherzustellen, das er längst verloren hatte.

Und der junge Bursche? Er hatte dem Stolperer in Cowboystiefeln zwar irgendwie aufgeholfen, aus Pflichtbewußtsein, so war er erzogen, doch man kann die Dinge auf unterschiedliche Weise tun, und an diesem Nachmittag tat er alles jubelnd. Kurz zuvor hatte der Chef der Volkswagenwerkstatt, bei der er ein Praktikum als Mechaniker machte, ein Mann von wenig Worten, ihn zum erstenmal gelobt. Das war in all den Wochen noch nie passiert. Er hatte sogar versprochen, beim Inhaber vorzufühlen, ob er hier nach der Ausbildung arbeiten könne. Das Merkwürdige war, daß es geschah, nachdem er etwas ganz Simples getan hatte; er hatte einen Reservereifen in den Kofferraum eines Kunden zurückgelegt, eines alten Kunden, das schon – der Chef hatte sich noch eine ganze Weile mit ihm unterhalten –, er kam offenbar gerade aus dem Schwimmbad, sein Haar war naß, und er roch nach Chlor.

Der Mechanikerlehrling hatte einen Gesprächsfetzen aufgefangen und konnte nicht ahnen, was es für seinen Chef bedeutete, daß der pensionierte Lehrer ihm so aufmerksam zuhörte. Ehe der Chef sich's versehen hatte, war es herausgewesen, aber es machte ihm auch sehr zu schaffen, daß seine Tochter nach den Sommerferien in der Schule keinen Finger mehr krumm machte und sogar suspendiert zu werden drohte. Der Lehrer hatte nicht nur interessiert zugehört, er hatte auch vorgeschlagen, das Mädchen bei den Hausaufgaben zu betreuen. Jetzt, wo seine Frau aus Sparrenheuvel zurück sei und er nicht mehr jeden Tag ins Sanatorium zu fahren brauche, habe er wieder etwas mehr Zeit. Er liebe es zu unterrichten, erst kürzlich habe er gemerkt, wie sehr er den Kontakt mit Schülern – auch den schwierigen, ja vielleicht gerade den schwierigen – vermisse. Dieses spontane Angebot eines Kunden, mit dem er nie mehr als ein paar Worte gewechselt hatte, hatte dem besorgten Vater wieder Hoffnung gegeben und alles in ein anderes Licht gerückt. Und er hatte seinerseits das Bedürfnis zu einer herzlichen Geste verspürt. In diesem Moment war sein Blick auf den Mechanikerlehrling gefallen.

Anfang

Tycho jagte weiter, nach Westen, der untergehenden Sonne entgegen. Als er entdeckte, daß sich die Tankanzeige immer mehr auf den roten Strich zubewegte, beschloß er abzubiegen: In einer Viertelstunde würde es dunkel sein, und bei der Aussicht, die Nacht in seinem Pick-up am Straßenrand verbringen zu müssen, wurde ihm angst und bange.

Sobald er die große Straße verlassen hatte, fiel sein Blick auf das blaue Schild eines Polizeireviers. Endlich, dachte er, ich bin da. Näher gekommen, sah er, daß er zu früh gejubelt hatte: Es war kein normales Polizeirevier. Auf dem ausgedehnten umzäunten Gelände lagen mehrere Bürogebäude. Er parkte sein Auto neben dem hohen Gitterzaun und stieg aus. Das Gelände jenseits des Zauns war wie ausgestorben. Besucher sollten sich melden. Wo, bei wem? Er streckte die Hand nach der Klingel der Gegensprechanlage aus.

»Nationales Polizeikorps.«

Tycho umfaßte die Gitterstäbe, er hatte das Gefühl, jeden Moment zusammenzubrechen.

»Guten Abend, was kann ich für Sie tun?«

Tycho zögerte, schräg über sich sah er das Auge einer Überwachungskamera.

»Ist das hier auch das … das Fundbüro?«

Nein, dafür müsse er nach links, die Hauptstraße hinunterfahren, Richtung Driebergen. Bei einer Bank, neben der Feuerwache befinde sich das Polizeirevier. Tycho beschloß, sein Auto stehenzulassen, bevor es ihn im Stich lassen würde, und lief los.

Die von Bäumen gesäumte Straße schien kein Ende zu nehmen. Nach ein paar Minuten sah er gegenüber ein Restaurant, aber noch immer keine Bank, keine Feuerwache, kein Polizeirevier. Er gähnte vor Hunger, etwas weiter unten erblickte er ein Aushängeschild, ein buntes Vordach. Vielleicht war noch ein Laden offen.

Vor der Snackbar stand ein Volvo, halb auf dem Bürgersteig geparkt, der Blinker war noch an. Auf dem Weg zum Eingang wurde Tycho fast von einem kräftigen Mann umgerannt – einem Mann mit einer roten Schramme am Kinn –, der, eine Tüte mit Eisbechern an die Brust gepreßt, telefonierte. »Ja, ich komme, Liebes, bin in fünf Minuten zu Hause. Was ist das für ein Gekläffe? Ich kann dich kaum verstehen. Habe gerade eine SMS bekommen, Kaninchen Co ist um fünf Uhr in Paris gelandet und sitzt jetzt im Flugzeug nach Kabul. Ja, es läuft alles nach Plan. Laß die Kinder noch einen Moment aufbleiben, bitte, ich habe etwas Leckeres für sie, zur Feier des Tages.«

»Sorry«, sagte der aufgeregte Vater, und mit einem Nikken über die rechte Schulter, »du hast Glück, sie wollte gerade schließen.«

Durch die offene Tür schaute Tycho das Mädchen hinter der Theke fragend an. Er sah sich in einer großen Spiegelwand mit Glasborden, auf denen silberne Eisbecher standen, Sirupflaschen und Gläser in diversen Größen. Kreidebleich war er, hohläugig, als ob er wochenlang kein Bett gesehen hätte. An ihrer Stelle würde er sich nicht einlassen.

»Komm nur rein«, sagte sie und winkte, »ich schließe

aber gleich ab, sonst stehe ich heute abend um zehn noch hier.«

Tycho ließ sich auf eine der roten Kunstlederbänke an der Wand fallen und warf einen Blick in sein Portemonnaie.

»Was kostet hier eine Tasse Kaffee?«

»Eins fünfzig. Ja, idiotisch, was, aber ich habe mir die Preise nicht ausgedacht.«

Während er sein Portemonnaie auf der Tischplatte aus Resopal umdrehte, schloß sie mit einem großen Schlüsselbund die Tür ab.

»Hast du nicht genug?«

Er schüttelte den Kopf.

»Macht nichts, ich habe gerade ein Riesentrinkgeld bekommen.«

»Schwein gehabt.«

»Weißt du: Man sieht es sofort. Dieser Typ ist geradezu in den Laden hereingetanzt.«

»Und was machst du mit den ganzen Trinkgeldern, sparst du für ein Auto?«

»Nein, für ein Motorrad.«

In diesem Moment stellte sie gerade den Kaffee vor ihn hin. Mit offenem Mund starrte er sie an. Dadurch, daß sie ihre Locken unter einer rot-weißen Kappe versteckt hatte, genau dieselben Streifen wie auf dem Vordach, auf dem in großen Buchstaben *Beter Broodje* stand, war es ihm nicht eher aufgefallen. Jetzt, wo sie so nah war, sah er die rötliche Haarsträhne auf der hellen Haut ihrer Wange, die Sommersprossen auf ihrer Stirn.

»Findest du das so erschreckend?« fragte sie.

Er schüttelte den Kopf.

»Ich mache mir ein Eibrötchen mit Mayo, willst du auch eins?«

Während sie die Brötchen schmierte und die Eischeiben darauflegte, sorgfältig, als ob sie die Kissen auf einem Bett zurechtrückte, sah sie ihn hin und wieder unter dem Schirm ihrer Kappe hervor an. Hellgraue Augen hatte sie, die tief in den Höhlen lagen, einen schönen, freundlichen Mund, und sie summte ein Lied von Johnny Cash. Sie stellte die Teller mit den Brötchen auf den Tisch und setzte sich Tycho gegenüber. Sie heiße Brenda.

Sein Magen knurrte laut, und Brenda lachte. Als er in das Brötchen beißen wollte, fühlte er Übelkeit in sich aufsteigen und legte es schnell wieder hin. Ohne ein Wort nahm sie den Teller und stellte ihn einen Tisch weiter.

»Nun sag schon, was ist los mit dir?«

War es, weil ihre Wimpern so hell waren, fast unsichtbar, oder hatte sie immer diesen nackten Blick? Einen Blick, als ob sie nichts verheimlichen würde.

»Es ist nicht wahr, daß du für ein Motorrad sparst. Das sagst du nur so!« Er schaute an ihr vorbei, ob zwischen den Sirupflaschen auch eine Flasche Schnaps stehe.

Enthusiastisch fing sie an zu erzählen, was für ein Motorrad es werden solle, doch er schlug die Hände vors Gesicht und verstand kaum, was sie sagte, so laut begann er zu weinen. Schweigend legte sie ihre Hände auf seine, ihre Daumen streichelten seine Handgelenke.

Wie sie da saßen, einander gegenüber, erinnerte ihn an irgend etwas; an diesen Kriminellen in einem Schwarzweißfilm, vorige Woche im Fernsehen. Was hatte der doch gleich zu der Frau auf der anderen Seiten des Gitters gesagt? »Was für einen seltsamen Weg habe ich zurückgelegt, um zu dir zu kommen ...«

»Wie du zitterst, was hast du nur?« fragte Brenda leise. »Sag es mir.«

Er schaute sie an. Warum sollte er ihr alles beichten? Es würde ihm nichts von dem Gewicht auf seiner Brust nehmen und ihn nicht erleichtern. Aber das wollte er auch nicht, im Gegenteil, Frieden und Gemütsruhe waren nicht das, was er suchte. Er senkte den Blick. Wenn er die Worte einmal ausgesprochen hätte, laut, könnte er nie mehr tun, als ob es nicht wahr wäre. Dann könnte er sich nicht mehr sinnlos betrinken, sich nicht mehr zukiffen, nicht mehr phantasieren, daß alles anders gelaufen wäre. Wenn er es ihr jetzt erzählte, würde es nur allzu wahr werden, so wahr, so wirklich, wie etwas nur sein konnte, weil sie zuhörte. Er zauderte, vermochte aber den flußgrauen Augen, die auf ihm ruhten, nicht zu widerstehen, er holte tief Luft und sprang.

»Ich habe es getan, ich ...«

Stockend berichtete er ihr, was geschehen war – was er für die ganze Geschichte ansah, die ganze Wahrheit –, von dem Moment an, da ein Automat in Winterswijk seine Karte geschluckt hatte. Als er bei der Badewanne auf der Weide angekommen war, begann er noch mehr zu stottern. Es war, als würde er, indem er wiederholte, wie er Fransje umgebracht hatte, auch etwas in Brenda töten, aber sie fragte weiter, bis er ihr alles erzählt hatte.

»Was hält dich noch zurück?« sagte sie und schob ihm ihr Telefon zu.

»Daß sie mir niemals glauben werden. Daß sie denken werden, daß ich es Schritt für Schritt vorbereitet habe.«

Sie schüttelte den Kopf. »Niemand denkt das.«

»Woher willst du das so genau wissen?«

»Auf einer offenen Weide? Das hättest du doch nie gemacht, wenn du deinen Verstand gebraucht hättest.«

Ja, sie hatte recht: Hätte er sich alles vorher ausgetüftelt, dann hätte er Fransje in die Wälder bei Woold gelockt oder an einen Graben hinter einer Weißdornhecke oder zu den Steinbrüchen oder ... nein, er wollte es sich nicht vorstellen. Wenn er einen Bauern ein totes Schaf zu einem Kadaverkübel schleppen sah, wandte er schon den Kopf ab. Er nahm das Telefon und wählte, zum erstenmal in seinem Leben, die drei Ziffern der Notrufnummer.

»Möchtest du, daß ich draußen auf sie warte?« fragte er.

»Bleib nur«, sagte sie, »dann trinken wir noch eine Tasse Kaffee zusammen. Du solltest jetzt nicht allein sein.«

Es wird Zeit, daß ich mich zurückziehe, höchste Zeit. Wenn ich sehe, wie Menschen sich umarmen, sträuben sich mir alle Federn auf den Flügeln. Ist es aus Scheu oder durch die Erinnerung an meinen eigenen Körper in Umarmung mit einem anderen? Vielleicht, ich will nicht zu lange darüber nachdenken. Ich werde mich etwas ablenken, mich ausruhen, morgen ist ein neuer Tag, morgen früh muß ich wieder los. Jetzt noch einmal schnell bei Fransje vorbei, und dann weiter nach Kandahar.

Edith ließ gerade die Jalousie herunter, als sie die Sirene hörte und kurz darauf noch eine, quietschende Reifen in der Kurve. Sie zog die Schnur schnell wieder an und schaute aus dem Fenster. Es fuhr selten ein Polizeiauto durch das Viertel. »Was ist los? Das ist ja hier wie in New York«, murmelte sie. Es war die erste Stadt, die ihr einfiel, denn in den Acht-Uhr-Nachrichten waren Bilder von der Gedenkfeier auf Ground Zero zu sehen gewesen mit einem Fragment einer Rede über »the enemy«, den Feind, der um jeden Preis bekämpft werden müsse.

Es war nichts Ungewöhnliches zu entdecken, keine

Verfolgung, kein Blaulicht im Dunkeln, der Lärm kam von ein paar Straßen weiter her. Manchmal blieben ihre Gedanken bei so etwas hängen, und sie fragte sich, was für ein Drama sich abgespielt haben könnte, wer das Opfer war, wer der Täter, doch nun hatte sie keine Zeit. Eilig schleuderte sie die Schuhe von ihren Füßen, zog sich das Kleid über die Hüften, warf es über einen Stuhl und öffnete ihren Schrank.

Als Berend auf Strümpfen hereinkam, sagte sie: »Du bist zu früh. Ich habe noch nichts Spektakuläres an.«

»Nackt ist mir heute abend spektakulär genug.«

»Kein Päckchen, keine Schnüre?«

Er schüttelte den Kopf und wischte ihr mit dem Finger einen Spritzer Sahneeis vom Kinn.

Kurz darauf stieg er zu ihr ins Bett, schmiegte sich an sie und seufzte: »Endlich, endlich.« Er schloß die Augen, um sie zu küssen, als ihm etwas einfiel. Er konnte es nicht lassen, er mußte es fragen: »Was hattest du heute früh denn auf einmal, Liebes?«

Doch Edith schüttelte den Kopf und antwortete: »Etwas … zu unwichtig für Worte.«

Quellen

Der Liedtext auf S. 14/15 ist von James Taylor von der CD *October Road*. Die Gedichtzeile auf S. 29/30 stammt aus dem Gedicht »Watersnood«, enthalten in dem Band *Mijn broertje kende nog geen kroos* von Arie van den Berg (De Bezige Bij, 1970). Der Film *L'argent* (1983) ist von Robert Bresson. Fransjes Gedanke, daß sie den Tod eines anderen sterben könnte, wurde von Georges Bernanos in seinem Theaterstück (und der gleichnamigen Oper) *Dialogues des Carmelites* formuliert. Der Film, auf den Tycho verweist, ist *Pickpocket* (1959) von Robert Bresson.

Inhalt

Vonne van der Meer:

»Eindringliche Erlebnisse, die leicht unsere eigenen sein könnten« F.A.Z.

Inselgäste
Ein Häuschen in den Dünen, auf einer Insel im Wattenmeer. Die Saisongäste geben einander die Klinke in die Hand. Und so manches Mal wünschte sich die Putzfrau, dass sie sehen könnte, was in dem Ferienhaus vor sich geht, und dass die Wände reden könnten. Doch Zeuge jener Träume und Geheimnisse, die die Gäste im Haus »Dünenrose« haben, wird allein der Leser.
»Unbedingt im Strandkorb lesen – oder im Ferienhaus.« MARIE CLAIRE
Roman. Aus dem Niederländischen von Arne Braun. 197 Seiten
AtV 2314

Die letzte Fähre
Die unterschiedlichsten Menschen haben im Haus »Dünenrose« schon ihren Urlaub verbracht, und darum ist die Putzfrau auch nicht aus der Ruhe zu bringen: sie kennt die Marotten der Leute. Als die Frau in der roten Strickjacke plötzlich wieder auftaucht, zieht das aber doch Aufregung nach sich. Nicht weniger turbulent geht es in den folgenden Wochen zu. Wir erleben eine alleinerziehende Mutter, die sich von den erotischen Verwirrungen ihres ältesten Sohnes anstecken lässt und nicht bemerkt, was ihr Jüngster in der blauen Kammer treibt. Auch Martine kehrt zurück. Sie erwartet den Geliebten und ist erschüttert, als die Mutter ihr ein lang gehütetes Geheimnis offenbart.
»In ihrem sonnendurchwärmten Roman erzählt Vonne van der Meer von den Ausnahmebedingungen des Inseldaseins.« DIE ZEIT
Roman. Aus dem Niederländischen von Arne Braun. 196 Seiten
AtV 2060

Abschied von der Insel
Nach Vonne van der Meers sehr erfolgreichen Romanen »Inselgäste« und »Die letzte Fähre« nehmen die Feriengäste jetzt »Abschied von der Insel«. Sie haben geliebt, gelitten und gelebt. Der Strand und das Meer, die Ruhe und die Besinnung haben ihre geheimen Sehnsüchte und Sorgen zutage gefördert, und als sich der Sommer dem Ende zuneigt, ist nichts mehr so, wie es am Beginn der Saison schien.
»Ein spannendes Buch für laue Sommernächte.« GALA
Roman. Aus dem Niederländischen von Marianne Holberg. 199 Seiten
AtV 2130

Mehr Informationen unter www.aufbauverlagsgruppe.de oder bei Ihrem Buchhändler

Kim Edwards
Die Tochter des Fotografen
Aus dem Amerikanischen von Silke Haupt und Eric Pütz
523 Seiten. Gebunden
ISBN 978-3-378-00680-5

Bestseller der Herzen

Wie kann eine Frau weiterleben, wenn ihr ein Kind genommen wird? Kim Edwards' Schicksalsroman einer ungewöhnlichen Familie wurde in Amerika über Nacht zum Bestseller. Lexington, Kentucky, 1964: In einer stürmischen Winternacht liegt die hochschwangere Frau des Arztes David Henry in den Wehen. Sie bringt einen kerngesunden Sohn auf die Welt. Doch die Wehen setzen erneut ein und dem Jungen folgt eine Zwillingsschwester. Dieses Kind ist behindert. In Sekundenschnelle trifft David eine Entscheidung: Während seine Frau Norah in der Narkose liegt, bittet er die Krankenschwester Caroline, den Säugling stillschweigend in ein Heim zu bringen. Doch Caroline flieht mit dem Mädchen und zieht es allein groß. So beginnt eine tief bewegende Geschichte, die ein Vierteljahrhundert umspannt.

»Jeder muß von der außergewöhnlichen Kraft und Wärme dieses Romans tief beeindruckt sein.« THE WASHINGTON POST

Mehr von Kim Edwards:
Die Tochter des Fotografen (Lesung, 4 CDs)
ISBN 978-3-89813-626-6

Mehr Informationen erhalten Sie unter
www.aufbauverlagsgruppe.de oder in Ihrer Buchhandlung

kiepenheuer
AUFBAU VERLAGSGRUPPE

Guillaume Musso
Wirst du da sein?
Roman
Aus dem Französischen
von Claudia Puls
311 Seiten. Gebunden
ISBN 978-3-378-00682-9

Zwei Herzen. Zehn Chancen. Ein Wunder

San Francisco, 2006. Mit 60 hat Elliott Cooper erreicht, wovon viele nur träumen: Er ist ein angesehener Arzt, Vater einer 20jährigen Tochter, und die Frauen liegen dem attraktiven Mann zu Füßen. Das perfekte Glück? Nur scheinbar, denn niemals ist Elliott über den Tod der Frau hinweggekommen, die er leidenschaftlich liebte: Ilena. Eines Tages macht er die Bekanntschaft eines alten Mannes, der ihm seinen sehnlichsten Wunsch erfüllt: die Liebe seines Lebens noch einmal wiederzusehen. Als Reisender zwischen den Zeiten begegnet Elliott dem eigenen Ich als jungem Mann, den er überzeugen will, die Weichen in seinem Leben anders zu stellen und so Ilenas frühen Tod zu verhindern. Bis ihm klar wird, dass man das Schicksal nicht ungestraft herausfordert. Guillaume Mussos ergreifender Roman erstürmte auf Anhieb die französischen Bestsellerlisten und wird auch Ihr Herz erobern.

»Mit zauberhafter Phantasie erzählt.« Le Figaro Littéraire

»Noch spannender als Marc Levy.« Livres hebdo

Mehr Informationen erhalten Sie unter
www.aufbauverlagsgruppe.de oder in Ihrer Buchhandlung

kiepenheuer
AUFBAU VERLAGSGRUPPE